GRöLS Verlage

„Bücher sind wie Fallschirme. Sie nützen uns nichts, wenn wir sie nicht öffnen."

Gröls Verlag

Redaktionelle Hinweise und Impressum

Das vorliegende Werk wurde zugunsten der Authentizität sehr zurückhaltend bearbeitet. So wurden etwa ursprüngliche Rechtschreibfehler regelmäßig *nicht* behoben, denn kleine Unvollkommenheiten machen das Buch – wie im Übrigen den Menschen – erst authentisch. Mitunter wurden jedoch zum Beispiel Absätze behutsam neu getrennt, um den Lesefluss zu erleichtern.

Um die Texte zu rekonstruieren, werden antiquarische Bücher von Lesegeräten gescannt und dann durch eine Software lesbar gemacht. Der so entstandene Text wird von Menschen gegengelesen und korrigiert – hierbei treten auch Fehler auf. Wenn Sie ebenfalls antiquarische Texte einreichen möchten, finden Sie weitere Informationen auf www.groels.de

Viel Freude bei der Lektüre wünscht Ihnen das Team des Gröls-Verlags.

Adressen

Verleger: Hermann-Josef Gröls,

Im Borngrund 26, 61440 Oberursel

Externer Dienstleister für Distribution & Herstellung:

BoD, In de Tarpen 42, 22848 Norderstedt

Unsere „Edition | Werke der Weltliteratur" hat den Anspruch, eine der größten und vollständigsten Sammlungen klassischer Literatur in deutscher Sprache zu werden. Nach und nach versammeln wir hier nicht nur die „üblichen Verdächtigen" von Goethe bis Schiller, sondern auch Kleinode der vergangenen Jahrhunderte, die – zu Unrecht – drohen, in Vergessenheit zu geraten. Wir kultivieren und kuratieren damit einen der wertvollsten Bereiche der abendländischen Kultur. Kleine Auswahl:

Francis Bacon • Neues Organon • **Balzac** • Glanz und Elend der Kurtisanen • **Joachim H. Campe** • Robinson der Jüngere • **Dante Alighieri** • Die Göttliche Komödie • **Daniel Defoe** • Robinson Crusoe • **Charles Dickens** • Oliver Twist • **Denis Diderot** • Jacques der Fatalist • **Fjodor Dostojewski** • Schuld und Sühne • **Arthur Conan Doyle** • Der Hund von Baskerville • **Marie von Ebner-Eschenbach** • Das Gemeindekind • **Elisabeth von Österreich** • Das Poetische Tagebuch • **Friedrich Engels** • Die Lage der arbeitenden Klasse • **Ludwig Feuerbach** • Das Wesen des Christentums • **Johann G. Fichte** • Reden an die deutsche Nation • **Fitzgerald** • Zärtlich ist die Nacht • **Flaubert** • Madame Bovary • **Gorch Fock** • Seefahrt ist not! • **Theodor Fontane** • Effi Briest • **Robert Musil** • Über die Dummheit • **Edgar Wallace** • Der Frosch mit der Maske • **Jakob Wassermann** • Der Fall Maurizius • **Oscar Wilde** • Das Bildnis des Dorian Grey • **Émile Zola** • Germinal • **Stefan Zweig** • Schachnovelle • **Hugo von Hofmannsthal** • Der Tor und der Tod • **Anton Tschechow** • Ein Heiratsantrag • **Arthur Schnitzler** • Reigen • **Friedrich Schiller** • Kabale und Liebe • **Nicolo Machiavelli** • Der Fürst • **Gotthold E. Lessing** • Nathan der Weise • **Augustinus** • Die Bekenntnisse des heiligen Augustinus • **Marcus Aurelius** • Selbstbetrachtungen • **Charles Baudelaire** • Die Blumen des Bösen • **Harriett Stowe** • Onkel Toms Hütte • **Walter Benjamin** • Deutsche Menschen • **Hugo Bettauer** • Die Stadt ohne Juden • **Lewis Caroll** • *und viele mehr….*

Vathek

John Beckford

Vathek, der neunte Kalif aus dem Hause der Abbassiden, war der Sohn des Motassem und Enkel des Harun Al-Raschid. In jungen Jahren bestieg er den Thron. Die großen Eigenschaften, die er ganz jung schon besaß, ließen seine Völker hoffen, daß seine Regierung lang und glücklich sein würde. Sein Ansehen war hoheitsvoll und schön; aber wenn er zornig wurde, da blickte sein eines Auge so schrecklich, daß man es nicht ertragen konnte: der Unglückliche, den dieser Blick traf, fiel nach rückwärts und manchmal hauchte er sogar auf der Stelle den Geist aus. Und deshalb gab sich der Kalif, aus Furcht, seinen Staat zu entvölkern oder aus seinem Palaste eine Öde zu machen, seinem Zorne nur sehr selten hin.

Er war den Frauen und den Genüssen des Tisches gleich stark ergeben. Seine Freigebigkeit kannte keine Grenzen, und seine Ausschweifungen keine Zurückhaltung. Denn er glaubte nicht, wie der Kalif Omar Ben Abdalaziz, daß man aus dieser Welt eine Hölle machen müsse, um in der andern sich des Paradieses zu erfreuen.

Er übertraf an Glanz alle seine Vorfahren. Der Palast Alkorremmi, den sein Vater Motassem auf dem Wildenpferdhügel erbaut hatte und der die ganze Stadt Samarah beherrschte, war ihm nicht weit genug. Er ließ noch fünf Flügel daran bauen, oder vielmehr fünf neue Paläste, und er bestimmte jeden davon der Befriedigung eines seiner Sinne.

In dem ersten dieser fünf Paläste waren die Tische stets mit den ausgesuchtesten Speisen bedeckt. Man erneuerte sie Tag und Nacht, sobald sie kalt geworden waren. Die feinsten Weine und die besten Liköre flossen in Strömen aus hundert Springbrunnen, die nie versiegten. Dieser Palast hieß das Ewige Fest oder der Unersättliche.

Den zweiten Palast nannte man den Tempel der Melodie oder den Nektar der Seele. Ihn bewohnten die besten Musiker und bewundertsten Dichter der Zeit. Nachdem sie ihre Talente an diesem Orte geübt hatten, zerstreuten sie sich in Banden und überfluteten die ganze Umgebung mit ihren Liedern.

Der Palast Das Entzücken der Augen oder die Unterstützung des Gedächtnisses war ein einziges Wunder. Die größten Seltenheiten aus allen Ecken der Welt waren hier gesammelt, in Massen und in der schönsten Ordnung. Man sah in einer Galerie die Bilder des berühmten Mani und Statuen, die zu leben schienen. Hier reizte eine glücklich gewählte Aussicht den Blick; dort wurde das Auge angenehm durch die Künste der Optik getäuscht; an einer andern Stelle fand man alle Schätze der Natur. Mit einem Worte: Vathek, der neugierigste unter den Menschen, hatte in diesem Palaste nichts vergessen, was die Neugierde der Besucher befriedigen konnte, nur nicht seine eigene, denn er war unersättlich.

Der Palast der Wohlgerüche, den man auch den Stachel der Wollust nannte, war in mehrere Säle geteilt. Aromatische Lampen und Fackeln brannten da auch am hellen Tage. Um sich von der köstlichen Trunkenheit zu erholen, in die man hier geriet, stieg man in einen weitläufigen Garten hinab, in dem alle Blumen eine kühle und erfrischende Luft atmen ließen.

Der fünfte Palast hieß die Wohnung der Freude oder der Gefährliche. Hier waren viele junge Mädchen und Frauen. Sie waren schön und verführerisch wie die Huris und nie ermüdet, diejenigen wohl zu empfangen, die der Kalif in ihre Gesellschaft zulassen wollte. Denn er war gar nicht eifersüchtig und verwahrte zudem seine eigenen Frauen in dem Palast, den er bewohnte.

Trotz all dieser Wollüste, denen sich Vathek ergab, wurde er doch von seinen Völkern nicht minder geliebt. Man glaubte, daß ein Herrscher, der sich den Lüsten des Lebens ergibt, mindestens ebensogut zum regieren tauglich ist, als einer, der sich als Feind dieser Lüste erklärt. Aber sein unruhiger und brennender Geist konnte da nicht stehen bleiben. Zu Lebzeiten seines Vaters hatte er aus Langeweile so viel studiert, daß er nun vieles wußte; nun wollte er Alles wissen, selbst die Wissenschaften, die es gar nicht gibt. Er liebte es, mit den Gelehrten zu disputieren; sie durften aber ihren Widerspruch nicht zu weit treiben. Den einen stopfte er den Mund mit Geschenken; die andern, deren Überzeugungen seiner Freigebigkeit Widerstand leisteten, wurden ins Gefängnis geschickt, daß sie sich da ihr Blut abkühlen: ein Mittel, das oft half.

Vathek machten auch die theologischen Streitigkeiten Vergnügen, und es war nicht die allgemein anerkannte orthodoxe Partei, für die er sich erklärte. Damit hatte er alle Zeloten gegen sich: also verfolgte er sie, denn er wollte immer und um jeden Preis Recht haben.

Der große Prophet Mahomet, dessen Statthalter die Kalifen sind, war im siebten Himmel über dieses irreligiöse Treiben eines seiner Nachkommen entrüstet. „Lassen wir ihn nur machen“, sagte er zu den Dschinnen, seinen Geistern, die stets seiner Befehle harren, „wir wollen sehen, wieweit seine Narrheit und Ungläubigkeit geht; treibt er es zu bunt, so wissen wir ihn schon zu züchtigen. Helft ihm diesen Turm bauen, den er in Nachahmung Nimrods zu bauen angefangen hat; aber nicht, um sich wie jener darauf vor einer neuen Sintflut zu retten, sondern aus schamloser Neugierde, in die Geheimnisse des Himmels zu dringen. Er mag tun, was er will, er wird das Schicksal, das ihn erwartet, nie erraten.“

Die Dschinnen gehorchten, und während die Arbeiter tagsüber den Turm um Ellenbogenhöhe in die Höhe brachten, mehrten die Geister ihn des Nachts um zwei. Die Schnelligkeit, mit der dieses Gebäude gebaut wurde, schmeichelte der Eitelkeit Vatheks nicht wenig. Er glaubte, daß sogar der fühllose Stoff seinen Absichten entgegenkomme. Dieser Fürst bedachte trotz all seiner Wissenschaft nicht, daß die Erfolge der Unsinnigen und der Bösen die ersten Ruten sind, mit denen sie geschlagen werden.

Als er das erstemal die elftausend Stufen seines Turmes hinaufstieg und hinunterschaute, erreichte sein Stolz den Gipfel. Die Menschen erschienen ihm wie Ameisen, die Berge wie Schneckenhäuser und die Städte wie Bienenkörbe. Die Vorstellung, die diese Höhe ihm von seiner eigenen Größe gab, verdrehte ihm vollends den Kopf. Schon wollte er sich selbst anbeten, als er die Augen erhob und sah, daß die Sterne noch ebensoweit von ihm entfernt waren, als da er auf der Erde stand. Über das unwillkürliche Gefühl seiner eigenen Kleinheit tröstete ihn der Gedanke, daß er in den Augen der andern doch groß wäre, und daß das Licht seines Geistes dasjenige seiner Augen übertreffe; er wollte den Sternen sein Schicksal ablesen.

Zu diesem Zwecke verbrachte er die meisten Nächte auf dem Gipfel seines Turmes und glaubte sich in die astrologischen Geheimnisse eingeweiht und bildete sich ein, daß die Planeten ihm die wunderbarsten Abenteuer voraussagten. Ein außergewöhnlicher Mensch sollte aus einem Lande kommen, dessen Name man nie gehört hatte, und der Held werden. Seine Neugierde hatte ihn immer sehr höflich gegen Fremde sein lassen; jetzt verdoppelte er seine Aufmerksamkeit für sie, und ließ durch Trompetenstöße in den Straßen Samarahs verkünden, daß keiner seiner Untertanen einen Fremden aufnehmen dürfe, sondern jeder müsse in seinen Palast geführt werden.

Einige Zeit nach dieser Proklamation erschien in der Hauptstadt ein Mensch, dessen Gesicht so entsetzlich war, daß die Wächter, die ihn in den Palast führten, die Augen schließen mußten. Der Kalif selber schien über das fürchterliche Aussehen erschrocken; aber bald folgte Freude diesem ersten Grauen. Der Unbekannte breitete vor dem Fürsten solch kostbare Seltenheiten aus, wie er sie nie zuvor gesehen und deren Dasein nicht einmal für möglich gehalten hatte.

Es gab auch wirklich nichts, das außerordentlicher gewesen wäre, als die Waren dieses Fremden. Die mehreren seiner Geschmeide waren ebenso schön gearbeitet wie prächtig. Sie besaßen zudem noch ganz besondere Eigenschaften, die auf einem Pergamentstreifen geschrieben standen, der an jeden Gegenstand geheftet war. Es gab da Pantoffeln, die den Füßen beim Gehen halfen; Messer, die ohne Handbewegung schnitten; Säbel, die bei der geringsten Bewegung den Schlag ausführten;

und all diese Gegenstände waren mit wertvollen Steinen besetzt, die niemand kannte.

Unter diesen Kostbarkeiten fanden sich Säbel, deren Schneiden ein unsägliches Feuer ausstrahlten. Der Kalif wollte sie haben und er versuchte, die fremden Schriftzeichen zu entziffern, die darauf graviert waren. Ohne nach dem Preise zu fragen, ließ er vor den fremden Menschen alles gemünzte Gold des Schatzes bringen und hieß ihn nehmen so viel er wolle. Der nahm nur ganz wenig und sprach kein Wort.

Vathek zweifelte nicht daran, daß das Schweigen des Unbekannten keinen andern Grund habe als die Hochachtung, die ihm seine Gegenwart einflöße. Er hieß ihn wohlwollend näher treten und fragte ihn herablassend, wer er wäre, woher er komme und woher er diese schönen Sachen habe. Der Mensch, oder vielmehr das Ungeheuer, rieb sich statt aller Antwort dreimal seine Stirne, die schwärzer war als Ebenholz, schlug sich viermal auf den Bauch, dessen Umfang ungeheuer war, öffnete weit die Augen, die zwei glühenden Kohlen glichen und lachte ein entsetzliches lautes Lachen, wobei er breite, ambrafarbige, grün gefleckte Zähne zeigte.

Der Kalif wiederholte, etwas beunruhigt, seine Frage; aber er erhielt keine andere Antwort. Da wurde der Fürst ungeduldig und rief: „Weißt du denn, Unglücklicher, wer ich bin? Und bedenkst du, mit wem du da spielst?“ Er wandte sich darauf an seine Garden und fragte, ob sie den Menschen hätten reden hören, ob er stumm sei. Die Garden antworteten, daß er gesprochen hätte, aber was er gesagt habe, sei nichts besonderes gewesen. „So soll er noch einmal sprechen“, befahl Vathek, „und er soll sprechen wie er kann und soll mir sagen, wer er ist, woher er kommt, woher er die seltsamen Dinge bringt, die er mir angeboten hat. Ich schwöre beim Esel des Balaam, wenn er weiter schweigt, will ich ihn seinen Eigensinn bereuen lassen.“ Bei diesen Worten konnte sich der Kalif nicht enthalten, einen seiner gefährlichen Zornblicke auf den Unbekannten zu werfen; dieser aber verlor nicht nur nicht seine Haltung, sondern das schreckliche und mörderische Auge des Kalifen machte nicht den geringsten Eindruck auf ihn.

Worte können den Schrecken der Höflinge nicht ausdrücken, als die sahen, daß der unhöfliche Kaufmann eine solche Probe bestand. Sie hatten sich alle platt auf die Erde geworfen und wären auch da liegen geblieben, wenn der Kalif ihnen nicht wütend befohlen hätte: „Steht auf, Feiglinge, und ergreift diesen Elenden! Daß man ihn ins Gefängnis werfe und von meinen besten Soldaten bewachen lasse! Er kann das Gold mitnehmen, das ich ihm gegeben habe; er soll es behalten, aber er soll sprechen, ich will, daß er spricht!“ Bei diesen Worten fiel man von allen Seiten über den Fremden her; man fesselte ihn um die Gurgel mit festen Ketten und führte ihn in das Gefängnis des großen Turmes, das sieben Gürtel von eisernen Stangen mit langen Spitzen, scharf wie Dolche, von allen Seiten umgeben.

Der Kalif aber war in der größten Aufregung. Er sprach kein Wort; kaum wollte er sich zu Tisch setzen und aß von den täglich gereichten dreihundert Gerichten nur zweiunddreißig. Diese Diät, an die er nicht gewöhnt war, wäre allein schon genügend gewesen, ihm den Schlaf zu rauben. Wie aber erst, da sich dazu diese Unruhe gesellte, die ihn nicht losließ! Sobald es Tag geworden war, eilte er selbst zum Gefängnis, um neuerliche Versuche bei dem starrköpfigen Fremden zu machen. Aber seine Wut läßt sich nicht beschreiben, als er sah, daß der Fremde fort, die Eisengitter zerbrochen und die Wächter ohne Leben waren. Ein wilder Wahnsinn erfaßte Vathek. Er stieß mit den Füßen nach den Leichen, die vor ihm lagen und hörte den ganzen Tag nicht auf, sie auf diese Weise mit Fußtritten zu bearbeiten. Seine Hofleute und Vessire taten alles, um ihn zu beruhigen; aber als sie sahen, daß es ihnen nicht gelinge, schrieen sie alle auf einmal: „Der Kalif ist verrückt geworden! der Kalif ist verrückt geworden!“

Dieser Schrei widerhallte bald in allen Straßen von Samarah. Und kam schließlich an die Ohren der Prinzessin Carathis, Vatheks Mutter. Ganz bestürzt kam sie herbei, um ihre alte Macht über den Geist ihres Sohnes zu versuchen. Ihren Tränen und Küssen gelang es, den Kalifen zu beruhigen, und auf ihren Wunsch ließ er sich in den Palast führen.

Carathis hütete sich, ihren Sohn allein zu lassen. Nachdem man ihn zu Bett gebracht hatte, setzte sie sich zu ihm und versuchte, ihn durch ihre Unterhaltung zu trösten und zu beruhigen. Niemandem wäre das besser gelungen. Vathek liebte und verehrte sie nicht nur als eine Mutter, sondern auch als eine mit höherem Geiste begabte Frau. Sie war Griechin und hatte ihn alle Philosophien und Wissenschaften ihres Volkes gelehrt, zum großen Entsetzen der braven Muselmanen. Die Astrologie war eine dieser Wissenschaften, und Carathis beherrschte sie vollkommen. Ihre erste Sorge war daher, ihren Sohn an das zu erinnern, was die Sterne ihm geweissagt hatten und sie schlug vor, sie neuerlich zu befragen.

„Ah!" sagte der Kalif, sobald er seine Sprache wiedergefunden hatte, „ich bin ein Sinnloser, nicht weil ich meinen Wächtern vierzigtausend Fußtritte dafür gegeben habe, weil sie sich blöde totschlagen ließen; aber weil ich nicht bedacht habe, daß dieser außergewöhnliche Mensch der war, den mir die Gestirne angekündigt haben. Statt ihn zu mißhandeln, hätte ich versuchen sollen, ihn durch Güte und Schmeichelei zu gewinnen."

„Das Vergangene kann nicht widerrufen werden", antwortete Carathis, „man muß an die Zukunft denken. Vielleicht siehst du noch den, den du bedauerst; vielleicht zeigen dir die Schriftzüge auf den Säbeln den Weg. Iß und schlafe, mein lieber Sohn, morgen werden wir sehen, was da zu tun ist."

Vathek befolgte diesen weisen Rat so gut er konnte. Am nächsten Tag stand er in besserer Verfassung auf und ließ sich die wunderbaren Säbel bringen. Um nicht von ihrem Glanz geblendet zu werden, betrachtete er sie durch ein farbiges Glas und versuchte die Schriftzüge zu entziffern; aber umsonst; er schlug sich vergeblich vor die Stirne, er kannte nicht einen Buchstaben. Dieses Mißgeschick hätte ihn wieder in seine frühere Wut gebracht, wäre Carathis nicht eingetreten.

„Nimm Geduld an, mein Sohn", sagte sie zu ihm; „du besitzest gewiß alle Wissenschaften, aber Sprachen zu kennen, das ist eine Bagatelle und nur Pedanten geben sich damit ab. Versprich Belohnungen, die deiner würdig sind, demjenigen, der dir diese barbarischen Worte übersetzt, die du nicht verstehst und die zu verstehen deiner unwürdig wäre; bald wird deine Neugierde befriedigt sein."

„Möglich", sagte der Kalif, „aber inzwischen werde ich von einer Menge von Halbgelehrten und Schwätzern gelangweilt werden, die es versuchen wollen, sowohl um sich gelehrt reden zu hören als um die Belohnung zu bekommen." Nach einigem Nachdenken fügte er hinzu: „Ich will dieses Mißliche vermeiden. Ich werde alle sterben lassen, die mich nicht zufriedenstellen; denn dank dem Himmel habe ich genug Verstand, um zu unterscheiden, ob man übersetzt oder ob man erfindet."

„Daran zweifle ich. nicht", sagte Carathis. „Aber die es nicht wissen sterben lassen, ist eine etwas strenge Strafe, die gefährliche Folgen haben kann. Begnüge dich damit, ihnen den Bart abbrennen zu lassen – die Bärte sind in einem Staatswesen nicht so wichtig wie die Menschen."

Der Kalif unterwarf sich wieder dem Rate seiner Mutter und ließ seinen ersten Vessir rufen. „Morakanabad", sprach er zu ihm, „laß durch einen öffentlichen Ausrufer in ganz Samarah und in allen Städten meines Reiches verkünden, daß derjenige, der die scheinbar unentzifferbaren Schriftzeichen entziffert, Beweise meiner auf der ganzen Welt bekannten Freigebigkeit erhalten wird; daß man aber dem, dem es nicht gelinge, den Bart gänzlich abbrennen würde. Daß man ferner verkünde, daß ich fünfzig schöne Sklavinnen und fünfzig Kisten mit Aprikosen von der Insel Kirmith demjenigen geben werde, der mir Nachricht über diesen fremden Menschen bringt, den ich wiedersehen will."

Die Untertanen des Kalifen liebten nach dem Beispiele ihres Herrn die Frauen und die Kisten mit Aprikosen von der Insel Kirmith sehr. Diese Versprechungen ließen ihnen das Wasser im Munde zusammenlaufen, aber es half ihnen nichts, denn niemand wußte, was aus dem Fremden geworden war. Mit dem andern Verlangen des Kalifen war es schon anders. Die Gelehrten, Halbgelehrten und alle jene, die weder das eine noch das andere waren, die aber glaubten, mehr als beides zu sein, wagten mutig ihren Bart und alle verloren ihn schändlich. Die Eunuchen hatten nichts anderes mehr zu tun als Bärte absengen, und das gab ihnen einen Brandgeruch, den die Frauen im Harem so unangenehm fanden, daß man diese Beschäftigung andern übertragen mußte.

Endlich meldete sich eines Tages ein Greis, dessen Bart um anderthalb Armlängen alle jene übertraf, die man bis jetzt gesehen hatte. Die Palastoffiziere, die ihn einführten, sagten untereinander: „Wie schade, wie sehr schade um diesen schönen Bart!“ Der Kalif dachte dasselbe; aber es machte ihm keinen Kummer. Der würdige Greis las ohne große Mühe die Zeichen und erklärte sie Wort für Wort auf folgende Weise: „Wir sind da gemacht worden, wo man alles gut macht; wir sind die kleinsten Wunder eines Reiches, in dem alles wunderbar und des größten Fürsten der Welt würdig ist“.

„Oh! du hast sehr gut übersetzt“, rief Vathek; „ich kenne den, den diese Worte bezeichnen. Man gebe diesem Greis ebensoviele Ehrenkleider und ebensoviel Tausend Zechinen als er Worte gesprochen hat; er nahm mir einen Teil der Wolken, die mein Herz einhüllten.“ Nach diesen Worten lud ihn Vathek ein, mit ihm zu speisen, ja sogar einige Tage bei ihm im Palast zu verweilen.

Am nächsten Tag ließ ihn der Kalif rufen und sagte zu ihm: „Lies mir noch einmal, was du mir gelesen hast; ich kann nicht oft genug die Worte hören, die mir das Glück zu verheißen scheinen, nach dem ich mich sehne“. Alsbald setzte der Alte seine grüne Brille auf. Aber sie fiel ihm von der Nase herunter, als er bemerkte, daß sich die Worte seit dem andern Abend verändert hatten. „Was hast du?“ fragte Vathek; „was bedeutet dein Erstaunen?“

„Herrscher der Welt, die Zeichen auf diesen Säbeln sind nicht mehr dieselben.“

„Was sagst du?“ rief Vathek; „aber einerlei: wenn du kannst, so erkläre mir ihre Bedeutung.“

„Hier ist sie, Herr“, sagte der Greis: „Unglück über den Verwegenen, der zu wissen trachtet, was ihm verborgen bleiben soll und das wagen will, was über seine Macht geht.“

„Unglück über dich selbst“, schrie der Kalif, ganz außer sich. „Geh mir aus den Augen! Man wird dir nur die Hälfte deines Bartes abbrennen, weil du gestern gut geraten hast; was meine Geschenke anbelangt, so nehme ich niemals zurück, was ich einmal gegeben habe.“ Der Greis war klug genug einzusehen, daß er noch gut weggekommen war mit der Dummheit, die er damit begangen hatte, seinem Herrn eine unangenehme Wahrheit zu sagen; er ging und erschien nie wieder.

Vathek bereute aber bald seine Voreiligkeit. Da er nicht aufhörte, die Schriftzeichen zu studieren, merkte er wohl, daß sie jeden Tag sich veränderten, und niemand fand sich, sie zu entziffern. Da entzündete die Unruhe solchen Tuns sein Blut, verursachte ihm Schwindel und Ohnmachtsgefühle und machte ihn so schwach, daß er sich kaum aufrecht halten konnte; in diesem Zustande ließ er sich immer auf den Turm tragen und hoffte aus den Sternen etwas angenehmes zu lesen; aber er täuschte sich in dieser Hoffnung. Seine Augen waren trübe vom Kummer seines Denkens und dienten ihm schlecht; er sah nichts als eine schwarze und dicke Wolke, ein Zeichen, das ihm sehr verhängnisvoll vorkam.

Von solchen Leiden zerwühlt, verlor der Kalif den Mut vollständig; er bekam das Fieber, verlor den Appetit und statt der größte Esser der Welt zu bleiben, wurde er ihr größter Trinker. Ein übernatürlicher Durst verzehrte ihn, und sein Mund war offen wie eine Tonne und immer bereit, Tag und Nacht Ströme von Getränken aufzunehmen. Als dann dieser unglückliche Fürst kein Vergnügen mehr genießen konnte, ließ er die fünf Paläste der Sinne schließen, zeigte sich nicht mehr öffentlich, ließ keine Pracht mehr entfalten, sprach dem Volk kein Recht mehr und zog sich in das Innere des Serail zurück. Er war immer ein guter Gatte gewesen, und so waren seine Frauen untröstlich über seinen Zustand und wurden nicht müde, Gelöbnisse für seine Gesundheit zu machen und ihm zu trinken zu geben.

Die Prinzessin Carathis empfand den tiefsten Kummer. Jeden Abend schloß sie sich mit dem Vessir Morakanabad ein, um mit ihm nach Mitteln zu suchen, den armen Kranken zu heilen oder ihm wenigstens

Linderung zu schaffen. Sie waren überzeugt, daß es sich um eine Verzauberung handele; sie lasen gemeinsam alle magischen Bücher durch und ließen überall nach dem schrecklichen Fremden suchen, den sie als den Urheber der Verzauberung beschuldigten.

Einige Meilen von Samarah entfernt war ein hoher Berg, ganz bedeckt mit Thymian und Quendel; eine entzückende Weide krönte den Gipfel; man hätte sie für das Paradies halten können, das den gläubigen Muselmanen bestimmt ist. Hundert wohlriechende Gebüsche waren da und ebensoviel Orangenhaine, und Zedern und Zitronenbäume boten vereint mit Palmen, Weinreben und Granatbäumen alles, Geschmack und Geruch gleicherweise zu befriedigen. Der Boden war mit Veilchen übersät; ganze Büschel Nelken und Hyazinthen parfümierten die Luft mit ihren süßen Düften. Vier klare, tiefe Quellen, so stark, daß sie zehn Armeen hätten tränken können, schienen an diesem Orte nur zu fließen, auf das er völlig dem Garten Eden mit den heiligen Flüssen gleiche. An ihren grünen Ufern sang die Nachtigall die Geburt der Rose, ihrer Vielgeliebten, und beweinte die kurze Dauer ihrer Reize; die Turteltaube beklagte den Verlust substantiellerer Vergnügen, während die Lerche mit ihrem Gesang das Licht begrüßte, das die Erde belebt; nirgends mehr als an diesem Ort drückte der Gesang der Vögel die verschiedenartigen Leidenschaften aus. Die köstlichen Früchte, an denen sie nach Belieben naschen konnten, schienen ihnen doppelte Kraft zu geben.

Man trug Vathek manchmal auf diesen Berg, damit er die reine Luft atmen und nach Herzenslust von den vier Quellen trinken könne. Seine Mutter, seine Frauen und ein paar Eunuchen waren die einzigen Begleiter. Jedes beeilte sich, große bergkristallene Schalen zu füllen und ihm zu reichen; aber ihr Eifer entsprach seiner Gier nicht, oft legte er sich auf die Erde, um das Wasser zu schlürfen, von dem er nie genug haben konnte.

Eines Tages, als der bedauernswerte Fürst lange in einer so erniedrigenden Stellung getrunken hatte, ließ sich eine rauhe aber feste Stimme vernehmen, die ihn also ansprach: „Warum trinkst du wie ein Hund, o Kalif, der du so stolz bist auf deine Würde und Macht?“

Bei diesen Worten hob Vathek sein Haupt und sah den Fremden, die Ursache all seiner Leiden. Dieser Anblick erregte ihn, der Zorn packte sein Herz und er schrie: „Und du, verfluchter Giaur! was tust du hier? Bist du noch nicht zufrieden damit, einen gelenken und gesunden Fürsten einem Schlauche gleich gemacht zu haben, wie ihn die Beduinen der Wüste ihre Kamele tragen lassen? Siehst du nicht, daß ich daran sterbe, zuviel getrunken zu haben ebenso wie aus unstillbarem Durst?“

„Trinke doch noch diesen Schluck“, sprach der Fremde und reichte ihm ein Fläschchen, das eine rote Flüssigkeit füllte, „und wisse, auf daß der Durst deiner Seele gelöscht werde nach dem deines Leibes, daß ich ein Inder bin, aber aus einer Gegend, die niemand kennt.“

„... Eine Gegend, die niemand kennt ...“ Diese Worte wirkten wie eine Erleuchtung auf den Kalifen. Das war die Erfüllung eines seiner Wünsche; und indem er sich mit der Hoffnung schmeichelte, daß sie ihm jetzt alle befriedigt würden, nahm er das magische Fläschchen und leerte es ohne Zögern. Auf der Stelle war er gesund, der Durst hörte auf und sein Körper wurde frischer denn je. Da war seine Freude ohne Grenzen. Er sprang dem schrecklichen Inder an den Hals und küßte das offenstehende und triefende Maul mit einer Inbrunst, als küßte er die Korallenlippen einer seiner schönsten Frauen.

Das hätte kein Ende genommen, wenn nicht die Worte der Carathis seine Ruhe wieder hergestellt hätten. Sie sagte ihrem Sohne, er müsse wieder nach Samarah zurückkehren, und er ließ einen Herold vorangehen, der mit lauter Stimme ausrief: Der wundervolle Fremde ist wieder erschienen, er hat den Kalifen gesund gemacht, er hat gesprochen, er hat gesprochen!

Allsogleich kamen alle Einwohner dieser weitläufigen Stadt aus ihren Häusern. Groß und klein lief, um Vathek und den Inder vorbeigehen zu sehen. Sie wurden nicht müde, immerfort zu rufen: „Er hat unsern Herrscher gerettet, er hat gesprochen, er hat gesprochen!“ Es wurde das Wort des Tages und man vergaß es nicht während der öffentlichen Feste, die man als Zeichen der Freude am selben Abende noch feierte; und die

Dichter besangen diesen schönen Gegenstand in Versen, deren Refrain stets war: er hat gesprochen.

Nun ließ der Kalif den Palast der fünf Sinne wieder öffnen und da er vor allem den des Geschmackes besuchen wollte, ließ er da ein großes Freudenmahl anrichten, wozu die Favoriten und alle großen Ämter geladen wurden. Der Inder wurde neben den Kalifen gesetzt und tat so, als glaube er, um diese Ehre zu verdienen, nicht genug essen und trinken und sprechen zu können. Die Gerichte verschwanden ebenso schnell vom Tische wie sie aufgetragen wurden. Jedermann blickte erstaunt; der Inder aber tat, als ob er nichts merkte und trank ungeheure Massen auf die Gesundheit eines jeden, sang in einem fort, erzählte Geschichten, über die er aus vollem Halse lachte, und machte Witze, über die man gelacht hätte, wenn er sie nicht mit so entsetzlichen Grimassen begleitet hätte; während der ganzen Mahlzeit hörte er nicht auf zu schwätzen wie hundert Astrologen, und für dreihundert Packträger zu essen und entsprechend zu trinken.

Obschon man zweiunddreißig Gedecke aufgetragen hatte, litt der Kalif unter dem Heißhunger seines Nachbarn. Seine Gegenwart wurde ihm unausstehlich und er vermochte es kaum, seine schlechte Laune und seine Unruhe zu verbergen. Endlich fand er eine Gelegenheit, dem Chef seiner Eunuchen ins Ohr zu flüstern: „Du siehst, Bababaluk, wie dieser Mensch alles im großen betreibt; was täte der, wenn er an meine Frauen käme! Geh, verdoppele die Wachen und besonders gib acht auf meine Zirkassinnen, die ihm mehr als alle andern gefallen würden“.

Der Morgenvogel hatte dreimal sein Lied gesungen, als die Stunde des Diwan läutete. Vathek hatte versprochen, in eigener Person zu erscheinen. Er steht vom Tisch auf und stützt sich auf den Arm seines Vessirs, mehr vom Lärm seines lauten Gastes betäubt als vom Wein, den er getrunken hat; der arme Fürst konnte kaum auf den Füßen stehen.

Die Vessire, die Beamten der Krone und des Gesetzes stellten sich im Halbkreis um ihren Herrscher auf und hielten ein respektvolles Schweigen, während der Inder, kaltblütig als ob er gefastet hätte, sich ohne Umstände auf eine Stufe des Thrones setzte und heimlich über den Ärger lachte, den seine Kühnheit bei allen Zuschauern hervorrief.

Der Kalif aber, dem der Kopf ganz benommen war, tat die verkehrtesten Rechtssprüche. Sein erster Vessir bemerkte das, und um die Ehre seines Herrn zu retten und die Audienz abzubrechen, sagte er ihm leise: „Hoheit, die Prinzessin Carathis brachte die ganze Nacht damit zu, die Sterne zu befragen; sie läßt Euch sagen, daß Ihr von einer unmittelbaren Gefahr bedroht seid. Gebt acht, daß nicht dieser Fremde, dem Ihr einige magische Spielereien mit so viel Hochachtung bezahlt, Euch nach Eurem Leben trachtet. Sein Trank scheint Euch gesund gemacht zu haben; er ist vielleicht nur ein Gift, dessen Wirkung auf einmal kommt. Weist diesen Verdacht nicht von Euch; fragt ihn wenigstens, woraus die Flüssigkeit bestanden hat, woher er sie nahm, und sprecht von den Säbeln, die Ihr, wie es scheint, vergessen habt“.

Durch die Unverschämtheiten des Inders aufs äußerste gebracht, antwortete Vathek durch ein zustimmendes Nicken, und wandte sich an das Ungeheuer: „Steh auf“, sprach er zu ihm, „und erkläre vor dem ganzen Diwan, aus welchen Drogen die Flüssigkeit bestand, die du mir gabst; und erkläre vor allem das Geheimnis der Säbel, die du mir verkauft hast, und erkenne daran die Güte, die ich dir erwiesen habe“.

Der Kalif schwieg nach diesen Worten, die er so ruhig gesprochen hatte wie es ihm möglich war. Der Inder aber verließ seinen Platz nicht und fing von neuem sein Gelächter an und seine entsetzlichen Grimassen. Da konnte Vathek sich nicht mehr halten; mit einem Fußtritt stößt er ihn von den Stufen herunter, stürzt ihm nach und schlägt ihn mit einer Heftigkeit, daß der ganze Diwan, davon erregt, dasselbe beginnt. Alle Füße sind in der Luft; man gab dem Monstrum keinen Tritt, dessen Wucht zu verdoppeln man nicht allsogleich Lust bekam.

Der Inder hatte leichtes Spiel. Da er kurz und dick war, ballte er sich wie eine Kugel zusammen und rollte unter die Füße seiner Angreifer, die ihm mit seltsamem Eifer folgten. So rollte er von Gemach zu Gemach, von Zimmer zu Zimmer, und die Kugel zog alles mit sich, was ihr begegnete.

Der ganze Palast war in Verwirrung und dröhnte von entsetzlichstem Lärm. Die erschreckten Sultanas schauten durch ihre Portieren und sobald die Kugel erschien, konnten sie sich nicht halten. Umsonst zwickten sie die Eunuchen bis aufs Blut; sie entrissen sich ihren Händen; und diese getreuen Wächter selber, die fast tot vor Schrecken waren, konnten sich nicht enthalten, dem Weg dieser fatalen Kugel zu folgen.

Nachdem er so alle Säle, Zimmer, Küchen, Gärten und Stallungen des Palastes durchrollt hatte, nahm der Inder den Weg nach den Höfen. Der Kalif war am eifrigsten hinter ihm her, war ganz nahe bei ihm und trat ihn soviel er konnte: dieser Eifer war Ursache, daß er selber einige Puffe bekam, die der Kugel zugedacht waren.

Caratbis, Morakanabad und zwei oder drei andere alte Vessire, deren Einsicht bis jetzt der allgemeinen Aufregung widerstanden hatte, wollten nicht, daß der Kalif ein solch öffentliches Schauspiel gebe und warfen sich vor seine Füße, um ihn aufzuhalten; er aber sprang über ihre Köpfe hinweg und setzte das Rennen fort. Nun gaben sie den Muezins Befehl, das Volk zum Gebet zu rufen, daß es den Kalifen von seinem Weg abbringe: alles war umsonst. Es genügte schon, diese höllische Kugel zu sehen, um sofort von ihr angezogen zu werden. Selbst die Muezins, die sie doch nur von weitem sahen, stiegen von ihren Minareten herunter und eilten unter die Menge. Diese schwoll dermaßen an, daß in den Häusern von Samarah nur noch die Lahmen, die Krüppel, die Sterbenden und die Säuglinge zurückblieben, deren Mütter und Ammen sie weggelegt hatten, um rascher laufen zu können; selbst Carathis, Morakanabad und die andern hatten sich schließlich auch auf den Weg gemacht. Das Geschrei der Frauen, die ihren Serails entwischt waren, das Kreischen der Eunuchen, die sich bemühten, die Frauen nicht aus dem Auge zu verlieren; das Fluchen der Ehemänner, die im Laufen sich gegenseitig bedrohten; die Fußtritte, die man gab und bekam; das Fallen, Stolpern, Stürzen, all das machte, daß Samarah aussah wie eine eroberte und der Plünderung preisgegebene Stadt.

Nachdem der verfluchte Inder unter der Form dieser Kugel die Straßen und die öffentlichen Plätze durchlaufen hatte, verließ er die leere Stadt, nahm den Weg nach der Ebene von Katul und rollte in ein Tal am Fuß des Berges der vier Quellen.

An der einen Seite dieses Tales war ein hoher Hügel, auf der andern war ein bergtiefer Abgrund, in dem Wasserfälle tobten. Der Kalif und die Menge fürchtete, daß die Kugel sich da hinabstürzen würde und so verdoppelten sie die Anstrengung, sie zu fangen; aber es war umsonst; die Kugel rollte in den Abgrund und verschwand wie ein Blitz.

Vathek hätte sich ohne Zweifel dem listigen Giaur nachgestürzt, wäre er nicht wie von einer unsichtbaren Hand zurückgehalten worden. Auch die Menge blieb stehen. Und alles wurde auf einmal ruhig. Man sah sich gegenseitig erstaunt an; trotzdem das Ganze lächerlich genug war, so lachte doch niemand. Jeder ging mit gesenkten Blicken, verwirrt und schweigsam den Weg nach Samarah zurück und versteckte sich in seinem Hause, ohne zu bedenken, daß eine unwiderstehliche Macht allein an dem Närrischen schuld war, das man sich vorwarf; denn es ist wahr, daß die Menschen, die sich des Guten rühmen, das sie tun und wo sie doch nur Werkzeug sind, sich auch Schuld an den Torheiten geben, die sie nicht vermeiden konnten.

Der Kalif allein wollte das Tal nicht verlassen. Er befahl, daß man da seine Zelte aufschlage; und was auch Carathis und Morakanabad sagen wollten, er blieb an seinem Platze am Rande der Schlucht. Man stellte ihm vor, daß an dieser Stelle die Erde abrutschen könnte, und daß er dem Zauberer zu nahe wäre, – es kümmerte ihn nicht. Nachdem er befohlen hatte, daß man tausend Fackeln anzünde und in Brand halte, legte er sich an den Rand des Abgrundes und versuchte bei dem künstlichen Schein durch die Finsternis zu sehen, die zu erhellen alle Feuer des ganzen Reiches nicht vermocht hätten. Einmal glaubte er Stimmen zu hören, die von unten herauf kamen, dann meinte er wieder, den Inder zu hören; aber es war nur das Gurgeln des Wassers und der Lärm der Fälle, die mächtig über die Felsen stürzten.

So verbrachte Vathek die Nacht über den Abgrund gebeugt. Sobald der Tag zu grauen begann, zog er sich in sein Zelt zurück und schlief da ein, ohne gegessen zu haben; und wachte erst wieder auf, als die Dunkelheit sich über den Horizont breitete. Dann legte er sich wieder über den Abgrund wie am Abend zuvor und tat es so durch viele Nächte. Man sah ihn mit großen Schritten hin und her gehen und mit wütenden Augen nach den Sternen sehen, als ob er ihnen Betrug vorwürfe.

Plötzlich überzog sich der Azur des Himmels vom Tale bis über Samarah hinaus mit langen Streifen Blutes; diese grausige Erscheinung schien den großen Turm zu berühren. Der Kalif wollte hinaufsteigen, aber seine Kräfte verließen ihn und voll Schreck bedeckte er sein Haupt mit einem Zipfel seines Kleides.

All dieses grausige Geschehen erschreckte ihn aber nur für den Augenblick und erregte seine Neugier nur noch mehr. Und so bestand er darauf, da zu bleiben, wo der Inder verschwunden war.

Als er eines Nachts wieder seinen einsamen Spaziergang unter freiem Himmel machte, verschwanden plötzlich der Mond und alle Sterne; schwarze Nebel folgten dem Lichte, und er hörte aus der erbebenden Erde herauf die Stimme des Giaur, die stärker als der Donner brüllte: „Willst du dich mir ergeben, die irdischen Kräfte anbeten und Mahomed verleugnen? Tust du das, so werde ich dir den Palast des unterirdischen Feuers öffnen. Hier wirst du in ungeheuren Gewölben die Schätze sehen, welche dir die Sterne versprochen haben; von da her habe ich meine Säbel; und da ist es wo Suleïman ruht, der Sohn des Daud, von den Talismanen umgeben, welche die Welt beherrschen."

Der Kalif antwortete bebend, aber doch mit der Stimme eines Menschen, der sich an übernatürliche Abenteuer gewöhnt hat: „Wo bist du? Erscheine meinen Augen! Zerstreue diese Finsternisse, deren ich müde bin! Nachdem ich so viele Fackeln verbrannt habe, um dich zu finden, so ist es wohl das mindeste, daß du mir dein entsetzliches Gesicht zeigst!" „Verleugne Mahomed", wiederholte der Inder, „gib mir Proben deiner Aufrichtigkeit, oder du wirst mich niemals sehen."

Der unglückliche Kalif versprach alles. Sofort klärte sich der Himmel auf, und beim Glanz der Planeten, die in Flammen schienen, sah Vathek die Erde offen. Auf ihrem Grunde erschien ein Tor aus Ebenholz, und davor lag der Inder und hielt in der Hand einen goldenen Schlüssel, mit dem er gegen das Schloß schlug.

„Ach!“ rief Vathek, „wie kann ich zu dir kommen, ohne mir den Hals zu brechen? Komm und hole mich und mach mir schnell dein Tor auf.“

„Ganz schön“, antwortete der Inder, „aber du mußt wissen, daß ich sehr viel Durst habe und daß ich nicht öffnen kann, bevor ich ihn nicht gelöscht habe. Ich brauche das Blut von fünfzig Kindern: nimm sie unter denen deiner Vessire und der Großen deines Hofes ... Weder mein Durst noch deine Neugierde werden anders befriedigt sein, du kehrst denn nach Samarah zurück und bringst mir was ich wünsche; wirf es selbst in diesen Abgrund und dann wirst du sehen.“

Nach diesen Worten drehte der Inder dem Kalifen den Rücken; und der von Dämonen gehetzte Vathek beschloß, das greuliche Opfer zu bringen. Er stellte sich nun, als ob die Ruhe wieder über ihn gekommen wäre und kehrte unter den Zurufen des Volkes, das ihn immer noch liebte, nach Samarah zurück. So gut verbarg er seine Verwirrung, daß selbst Carathis und Morakanabad getäuscht wurden wie die andern. Man sprach von nichts als von Festen und Vergnügungen. Man besprach sogar die Geschichte von der Kugel, über die man bisher nicht zu reden sich getraut hatte: überall lachte man darüber. Aber nicht jeder hatte Ursache, darüber zu lachen. Manche waren noch in den Händen der Chirurgen infolge der Verwundungen, die sie bei diesem denkwürdigen Abenteuer davongetragen hatten.

Vathek war guter Laune, daß man die Sache von dieser Seite nahm, weil er fand, daß ihm das zu seinen schrecklichen Absichten helfe. Gegen jedermann war er voll herablassender Güte, besonders aber gegen die Vessire und die Großen des Hofes. Den nächsten Tag lud er sie zu einem prunkvollen Feste ein. Nach und nach brachte er das Gespräch auf die Kinder und fragte wohlwollend, wer von ihnen wohl die schönsten Knaben hätte. Sofort beeilte sich jeder Vater, die seinen über die jedes andern zu loben. Der Streit begann; und man wäre handgreiflich geworden, wäre nicht die Gegenwart des Kalifen gewesen, der erklärte, er wolle sich selber durch den Augenschein überzeugen.

Bald darauf sah man eine ganze Schar dieser armen Kinder daherkommen. Der Mütter Zärtlichkeit hatte ihnen alles angezogen, was ihre Schönheit vermehren konnte. Während diese liebliche Schar alle Herzen und Augen auf sich zog, prüfte sie Vathek mit böser Gier und wählte fünfzig, um sie dem Giaur zu opfern. Dann schlug er mit väterlichem Wesen vor, seinen kleinen Lieblingen ein Fest auf der Ebene zu geben. Sie sollten, sagte er, mehr als alle andern sich über seine zurückgekehrte Gesundheit freuen. Die Güte des Kalifen entzückte alle. Bald wußte ganz Samarah davon. Man richtete Sänften, Kamele, Pferde; Frauen, Kinder, Greise, junge Leute, alles setzte sich in Bewegung, und alle Zuckerbäcker der Stadt und der Vorstädte folgten; das Volk strömte in Wagen und zu Fuß nach; alles in voller Freude; niemand dachte mehr daran, was es manchen gekostet hatte, als er das letztemal diesen Weg machte.

Der Abend war schön, die Luft frisch, der Himmel rein; die Blumen strömten ihren Duft. Die ruhige Natur schien sich der untergehenden Sonne zu freuen. Ihr süßes Licht vergoldete den Gipfel des Berges der vier Quellen, sie beglänzte die Gehänge und machte die springenden Herden voll Farbe. Man hörte nur das Murmeln der Quellen, den Klang der Schalmeien und die Stimme der Hirten, die sich einander über die Hügel zuriefen.

Die unglücklichen Opfer, die im nächsten Augenblick vernichtet werden sollten, vollendeten das rührende Bild. Voller Unschuld und im Gefühl der Sicherheit zogen die Kinder auf die Ebene, hüpfend und lachend; das eine haschte nach Schmetterlingen, ein anderes pflückte Blumen oder hob funkelnde Steinchen auf; einige blieben ein bißchen zurück, um die Freude des Einholens zu haben, um der tausend Küsse, die sie einander dann gaben.

Schon nahm man in der Ferne den entsetzlichen Abgrund wahr, in dessen Tiefe das Ebenholztor war. Wie eine schwarze Furche schnitt er die Ebene mitten auseinander. Morakanabad und seine Genossen glaubten an einen der vielen bizarren Einfälle des Kalifen; die Unglücklichen! sie wußten nicht, wozu sie bestimmt waren. Vathek, der nicht wollte, daß man den schlimmen Ort zu nah sehe, gebot Halt und ließ ein großes Rund bilden. Die Garde der Eunuchen tritt vor, um die Rennbahn für das Wettlaufen zu bestimmen und um die Ringe zu richten, durch die man die Pfeile schießen sollte. Die fünfzig Knaben ziehen sich eilig aus, man bewundert ihre Zartheit und die schönen Linien ihrer feinen Körper. Ihre Augen glänzen vor Freude, die aus den Augen der Eltern zurückstrahlt. Jeder hat Wünsche für den kleinen Kämpfer, der ihn am meisten interessiert, und alles ist gespannt auf das Spiel der unschuldigen Kleinen.

Diesen Augenblick benutzte der Kalif, um sich von der Menge zu entfernen. Er ging an den Abgrund und hörte nicht ohne Zittern den Inder, der herauf fragte: „Wo sind sie? Wo sind sie?“ „Unerbittlicher Giaur!“ sprach Vathek ganz verstört, „gibt es kein anderes Mittel dich zu befriedigen, als dieses Opfer, das du forderst? Ah, wenn du die Schönheit dieser Knaben sähest, ihre Grazie und ihre Unschuld, du wärst gerührt.“ „Die Pest über deine Rührung, Schwätzer!“ rief der Inder. „Gib sie mir, gib sie mir schnell, oder mein Tor schließt sich dir für immer!“ „Schrei nicht so laut“, antwortete der Kalif und wurde rot. „Gut, gut“, sagte leiser der Giaur und lachte wie ein Unhold; „es fehlt dir nicht an Geistesgegenwart; ich werde noch etwas warten.“

Während dieses Zwiegespräches waren die Spiele in vollen Gang gekommen und wurden erst beendet, als die Dämmerung hereinbrach. Da stellte sich der Kalif an den Rand des Loches und rief laut: „Meine fünfzig kleinen Lieblinge sollen der Reihe nach, wie sie im Spiel gesiegt haben, zu mir kommen! Dem ersten Sieger gebe ich mein Diamantenarmband, dem zweiten mein Halsband aus Smaragden, dem dritten meinen Gürtel mit Topasen und jedem weiteren ein Stück meiner Kleidung, bis auf meine Schuhe“.

Bei diesen Worten erhob sich die Freude von neuem; man lobpreiste die Güte des Fürsten, der sich nackt auszöge, um seine Untertanen zu unterhalten und die Jugend zu ermuntern. Der Kalif entkleidete sich Stück für Stück, hob die Arme so hoch er konnte und ließ den Preis leuchten; aber während er mit der einen Hand den Preis dem hastig danach langenden Kinde gab, stieß er es mit der andern jeweils in den Abgrund, wo der Giaur fortwährend gröhlte: „Mehr! Mehr!“

Dieses Entsetzliche ging so schnell vor sich, daß das heranspringende Kind nichts von dem Schicksal derer wußte, die vor ihm gelaufen waren; und die Zuschauer konnten wegen der Dunkelheit und der Entfernung nichts deutlich sehen. Als Vathek so das fünfzigste Opfer hinuntergestoßen hatte, glaubte er, daß nun der Giaur kommen würde, ihn zu holen und ihm den goldenen Schlüssel zu geben. Schon sah er sich ebensogroß wie Suleïman und frei von aller Rechenschaft für seine Tat, als zu seiner großen Überraschung der Abgrund sich schloß und er die Erde unter seinen Füßen so fest wie immer fühlte.

Sein Zorn und seine Verzweiflung sind nicht zu sagen. Er verfluchte die Falschheit des Inders; er gab ihm die schrecklichsten Namen und stampfte mit den Füßen, als ob er sich ihm hörbar machen wollte. Und trieb das so lange, bis er erschöpft und wie ohnmächtig hinfiel.

Die nächststehenden Vessire und Höflinge glaubten erst, er habe sich auf den Rasen gesetzt, um mit den Kindern zu spielen; aber dann traten sie beunruhigt näher und sahen den Kalifen allein, der ihnen ganz verstört zurief: „Was wollt ihr?“ – „Unsere Kinder! unsere Kinder!“ schrien sie. „Ihr gefallt mir“, antwortete er ihnen, „daß ihr mich verantwortlich macht für die Zufälle des Lebens. Eure Kinder sind beim Spielen in den Abgrund gefallen, der da war, und ich wäre selber hineingestürzt, hätte ich nicht einen Sprung nach rückwärts gemacht.“

Bei diesen Worten stießen die Väter der fünfzig Kinder ein durchdringendes Geschrei aus, das die Mütter eine Oktave höher wiederholten; während die übrige Menge, ohne zu wissen worum es sich handle, in ein Geheul ausbrach. Bald redete man es herum: das hat uns der Kalif angetan, um seinem verfluchten Giaur zu gefallen; bestrafen wir ihn, rächen wir uns! rächen wir das unschuldige Blut! werfen wir diesen grausamen Fürsten in den Wasserfall, und sei sein Name vergessen.

Carathis trat erschreckt auf Morakanabad zu. „Vessir“, sprach sie zu ihm, „du hast zwei schöne Kinder verloren, du mußt der unglücklichste der Väter sein; aber du bist voll Tugend und wirst deinen Herrn retten.“ – „Ich will ihn retten“, antwortete der Vessir, „ich will bei eigener Lebensgefahr versuchen, ihn aus der Gefahr zu retten, und überlasse ihn dann seinem dunklen Schicksal. Bababaluk“, rief er, „stell dich an die Spitze deiner Eunuchen; drängen wir die Menge zurück; bringen wir, wenn es möglich ist, diesen Unglücklichen in seinen Palast.“ Bababaluk und seine Leute beglückwünschten sich zum ersten Male dazu, daß man sie außer Stand gesetzt hatte, Vater zu werden. Sie gehorchten dem Vessir, der ihnen so gut er konnte half. Und es gelang. Darauf zog er sich zurück und weinte.

Sobald der Kalif heimgebracht war, ließ Carathis die Tore des Palastes schließen. Die wilde Menge aber wuchs und schrie Verwünschungen von allen Seiten und als Carathis dies sah, sagte sie zu ihrem Sohne: „Ob du nun recht oder unrecht hast, daran liegt nichts, aber du mußt dein Leben retten. Gehen wir in deine innersten Gemächer, von da aus gelangen wir in den unterirdischen Gang, der nur dir und mir bekannt ist, und kommen in den Turm; und da halten wir uns mit Hilfe der Stummen, die ihn noch nie verlassen haben. Bababaluk wird uns noch im Palast glauben und den Eingang verteidigen, um seiner selbst willen; und dann wollen wir, ohne auf diesen albernen Morakanabad zu hören, sehen was zu tun ist“.

Vathek antwortete mit keinem Worte auf alles das, was seine Mutter ihm sagte, und ließ sich führen wie sie wollte; aber im Gehen wiederholte er immer: „Wo bist du, schrecklicher Giaur? Hast du die Kinder noch nicht gefressen? Wo sind deine Säbel, dein goldener Schlüssel, deine Talismane?“ Diese Worte ließen Carathis etwas von der Wahrheit ahnen. Und als ihr Sohn im Turme sich etwas beruhigt hatte, wurde es ihr nicht schwer, alles zu erfahren. Sie war weit davon, sich Kummer darüber zu machen, denn sie war so böse wie eine Frau nur immer sein kann, und das heißt nicht wenig; denn dieses Geschlecht will in allen Dingen das andere übertreffen, auch im Bösen. Die Erzählung des Kalifen bereitete Carathis demnach weder Überraschung noch Entsetzen; sie war bloß über die Versprechungen des Giaur erstaunt; und sagte: „Man muß zugeben, daß dieser Giaur ein bißchen blutdürstig ist; aber die irdischen Mächte sind immer schrecklich; und die Versprechungen des einen und die Schätze der andern sind wohl einige kleine Opfer wert; kein Verbrechen soll zu kostbar sein, wenn solche Kostbarkeiten die Belohnung sind. Beklage dich deshalb nicht weiter über den Inder; es kommt mir vor, als habest du nicht alle Bedingungen erfüllt, die er an seine Dienste knüpft. Ich zweifle nicht daran, daß man den unterirdischen Geistern ein Opfer bringen muß und daran müssen wir denken, sobald die Kanaille da unten beruhigt ist; und ich will die Ruhe wieder herstellen und deine Schatzkammern nicht schonen, da wir sie wohl bald aufs neue viel besser noch füllen werden."

Die Prinzessin besaß eine große Überzeugungsgabe; sie schritt durch den unterirdischen Gang wieder zurück in den Palast und zeigte sich dem Volke am Fenster. Und sprach zu ihm, während Bababaluk das Gold mit vollen Händen hinauswarf. Beides half; der Aufstand war zu Ende, das Volk ging wieder nach Hause, und Carathis stieg zum Turme hinauf. Man verkündete soeben das Morgengebet, als Carathis und Vathek die unzähligen Stufen, die zur Spitze des Turmes führten, hinaufstiegen; und war auch der Morgen traurig und regnerisch, so blieben sie doch einige Zeit oben. Die trübe Stimmung gefiel ihren bösen Herzen. Als die Sonne aber durch die Wolken brach, ließen sie ein Zelt aufschlagen, um sich gegen die Strahlen zu schützen. Der Kalif war von Müdigkeit ganz erschöpft und überließ sich, in der Hoffnung auf bedeutsame Visionen, dem Schlaf. Die unermüdliche Carathis aber stieg, von einigen ihrer Stummen gefolgt, die Treppen wieder hinab, um alles für das Opfer vorzubereiten, das in dieser Nacht vollzogen werden sollte.

Über geheime Stufen, die nur ihr und ihrem Sohne bekannt waren, stieg sie in die mysteriösen Gewölbe hinab, in denen die Mumien der alten Pharaonen lagen, die ihren Gräbern entrissen und hierher gebracht worden waren; sie ließ davon eine ganze Anzahl aufpacken. Von da begab sie sich in eine Galerie, wo unter der Aufsicht von fünfzig stummen

Negerinnen, denen das rechte Auge fehlte, das Öl von den giftigsten Schlangen verwahrt wurde, Rhinoceroshörner und Hölzer von feinem und durchdringenden Geruch, die von Zauberern im Innern Indiens geschnitten waren; all dies und vieles Seltsame noch hatte Carathis selber gesammelt, in der Hoffnung, es eines Tages in einem Handel mit den infernalischen Mächten zu brauchen, deren Geschmack sie kannte und die sie brünstig liebte. Um sich selber an all die Greul zu gewöhnen, die sie da umgaben, blieb sie eine Zeitlang bei ihren Negerinnen, die in geilem Entzücken mit dem einen Auge auf die Totenköpfe und Skelette schielten, die man aus den Schränken zog, wobei sie die sonderbarsten Verrenkungen machten und voll Bewunderung für die Prinzessin wie toll in die Hände klatschten. Von dem üblen Geruch ganz erstickt, war Carathis endlich gezwungen, die Galerie zu verlassen, nachdem sie sie eines Teiles ihrer Schätze beraubt hatte.

Die Visionen, die der Kalif erwartet hatte, waren nicht gekommen; wohl aber ein verzehrender Hunger. Er hatte von den Stummen zu Essen verlangt, aber ganz vergessen, daß sie taub waren, und so schlug er sie und zwickte und biß nach ihnen, da sie sich nicht rührten. Zum Glück für diese armen Kreaturen kam Charathis und machte dieser unanständigen Szene ein Ende. „Was ist denn, mein Sohn?“ sagte sie ganz außer Atem. „Ich glaubte das Geschrei von tausend Fledermäusen zu hören, die man aus ihrem Loch gejagt hat und nun sinds bloß diese armen Stummen, die du mißhandelst; du verdienst wirklich nicht die vortreffliche Labung, die ich dir bringe.“ „Gib, gib schnell!“ rief der Kalif, „ich sterbe vor Hunger.“

„Da hättest du einen guten Magen, wenn du das alles verdauen könntest, was ich da habe.“

„Eil dich doch“, rief der Kalif. „Aber, Gott! was für Scheußlichkeiten! was willst du damit?“

„Sei doch nicht so empfindlich“, sagte Carathis, „hilf mir lieber, alles das in Ordnung bringen; du wirst sehen, daß diese Sachen, die du jetzt wegstößt, dich glücklich machen werden. Wir wollen nun den Scheiterhaufen für das Opfer in dieser Nacht bereiten, und denke nicht an essen, bevor er fertig ist. Weißt du denn nicht, daß allen feierlichen Riten ein strenges Fasten vorangeht?“

Der Kalif sagte kein Wort mehr und ergab sich ganz seinem Schmerze und den Winden, die seine Gedärme zu peinigen begannen, während seine Mutter unbekümmert ihre Dinge besorgte. Bald waren die Schlangenölgefäße auf der Brustwehr des Turmes aufgestellt, die Mumien und die Knochengerippe. Der Holzstoß wuchs und in drei Stunden war er zwanzig Ellen hoch. Nun wurde es dunkel und Carathis zog ihre Gewänder aus; sie schlug die Hände zusammen und schwenkte eine Fackel aus menschlichem Fett; die Stummen taten wie sie; aber Vathek konnte sich, ganz ausgehungert wie er war, nicht länger aufrecht halten und fiel ohnmächtig hin.

Schon fielen die brennenden Tropfen von den Fackeln auf das trockene Zauberholz, das vergiftete Öl blitzte in tausend blauen Feuern auf, die Mumien verbrannten zu schwarzen dichten Wolken; da sprangen auch schon die Flammen auf die Rhinoceroshörner, und es verbreitete sich ein so penetranter Geruch, daß der Kalif mit einem Satze in die Höhe fuhr und ganz verwirrt auf das Brennende sah. Das flammende Öl floß in mächtigen Strömen und die Negerinnen, die unaufhörlich neues herbeischafften, vereinigten ihr Heulen mit dem Geschrei der Carathis. Die Flammen wurden so mächtig und strahlten von dem glatten Marmor so stark wider, daß der Kalif die Hitze und die Helle nicht länger ertragen konnte und in das kaiserliche Zelt floh.

Die Einwohner von Samarah waren von dem Lichte, das über der ganzen Stadt war, so erschrocken, daß sie eiligst aufstanden und auf ihre Dächer stiegen. Da sahen sie den Turm in Flammen und liefen halbnackt herbei. Die Liebe zu ihrem Herrscher erwachte wieder, und da sie meinten, er würde in seinem Turme verbrennen, kamen sie gelaufen, um ihn zu retten.

Auch Morakanabad kam aus seiner traurigen Einsamkeit und trocknete seine Tränen, und rief „Feuer“ wie die andern. Bababaluk, dessen olfaktorische Nerven mehr an magische Gerüche gewohnt waren, schloß sofort, daß Carathis da an der Arbeit war und riet, man solle ruhig bleiben. Man beschimpfte ihn als einen alten Poltron und unwürdigen Verräter und ließ die Kamele und Dromedare Wasser herbeischleppen; wie aber in den Turm gelangen? Keiner kannte den Weg.

Während man sich plagte, die Tore zu stürmen, erhob sich ein heftiger Nordostwind und trieb die Flamme weiter. Erst wich das Volk zurück, dann verdoppelte es den Eifer. Der infernalische Gestank der Hörner und Mumien verbreitete sich nach allen Seiten und verpestete die Luft, und ein paar fielen halb erstickt um. Die, die stehen geblieben waren, sagten zueinander: „Gehen wir fort, wir vergiften uns“. Morakanabad fühlte sich elender als alle andern, aber er wich nicht; mit der einen Hand hielt er sich die Nase zu, mit der andern machte er sich an den Toren zu schaffen. Hundertundvierzig der Kräftigsten und Entschlossensten kamen ans Ziel. Sie gelangten auf die Treppe und waren in einer Viertelstunde oben.

Carathis, durch die Zeichen ihrer Stummen aufmerksam gemacht, ging gegen die Treppe und einige Stufen hinab und hörte Stimmen, die schrien: Hier ist Wasser! Da sie für ihr Alter gar nicht unbehend war, sprang sie schnell wieder auf die Plattform zurück und sagte zu ihrem Sohn: „Einen Augenblick unterbrich das Opfer; wir werden bald etwas haben, womit wir es noch schöner machen. Ein paar Idioten haben sich da wohl eingebildet, daß der Turm brennt und haben die Verwegenheit gehabt, die Tore aufzubrechen, die bislang unzerstörbaren, und kommen nun mit Wasser. Man muß zugeben, daß sie ganz nett sind, weil sie all deine Streiche vergessen haben; aber gleichviel. Lassen wir sie heraufkommen, und opfern wir sie dem Giaur; unseren Stummen fehlt es weder an Kraft noch Erfahrung: sie werden rasch mit den paar erschöpften Leuten fertig sein.“ „Gut, gut“, antwortete der Kalif, „nur ein Ende damit, und daß ich endlich diniere.“

Da kamen die guten Leute schon heran. Ganz atemlos vom schnellen Erklimmen der elftausend Stufen und verzweifelt, daß ihre Eimer fast leer waren, waren sie kaum oben, als ihnen die Helligkeit der Flammen und der Geruch der Mumien alle Sinne benahmen. Und das war schade, denn sie sahen so das angenehme Lächeln nicht, mit dem die Stummen und die

Negerinnen ihnen das Seil um den Hals legten; aber alles war doch nicht verloren, denn diese liebenswürdigen Wesen freuten sich deshalb nicht minder über die Sache. Niemals zuvor hat man mit geringerer Leichtigkeit erdrosselt; jeder fiel ohne Widerstand und starb, ohne einen Laut von sich zu geben; so daß sich Vathek in kürzester Zeit von den Leichnamen seiner treuesten Untertanen umgeben sah, die man auf den Scheiterhaufen warf. Carathis, die an alles dachte, fand, daß es ihrer jetzt genug wären; sie ließ also die Ketten aufziehen und die Stahltore schließen und verbarrikadieren.

Kaum war dieser Befehl ausgeführt, als der Turm zu zittern begann; die Leichen verschwanden, und die Flammen, die gerade noch dunkel karminrot gewesen waren, wurden schön rosarot. Ein feiner Dunst wurde höchst angenehm empfunden; die Marmorsäulen tönten harmonisch, und die verbrannten Hörner strömten einen entzückenden Duft aus. Carathis geriet in Verzückung und genoß schon im voraus den Erfolg ihrer Beschwörung; während die Stummen und Negerinnen, die von den guten Düften die Kolik bekamen, sich brummend in ihre Zellen zurückzogen.

Sobald sie weg waren, änderte sich die Szene vollständig. Der Scheiterhaufen, die Hörner und Mumien machten einem glänzend gedeckten Tische Platz. Man sah da inmitten einer Unmasse köstlicher Gerichte Karaffen mit Wein und Gefäße aus Fagfouri, in denen ein vorzüglicher Sorbet auf Schnee lag. Der Kalif warf sich wie ein Geier auf all das und verschlang ein mit Pistacien gefülltes Lamm; aber Carathis, die ganz andere Dinge beschäftigten, zog aus einer Filigranurne ein gerolltes Pergament, dessen Ende man nicht sah und das ihr Sohn nicht bemerkt hatte. „Mach schon ein Ende, Vielfraß“, sagte sie befehlend, „und höre auf das Köstliche, das dir hier versprochen wird“; und sie las laut das folgende: „Vathek, mein Vielgeliebter, du hast meine Hoffnungen übertroffen; meine Nüstern haben den Ruch deiner Mumien eingesogen und deiner vortrefflichen Hörner und ganz besonders dieses muselmanische Blut, das du über den Scheiterhaufen gegossen. Wenn der Mond voll sein wird, gehe aus deinem Palast, umgeben von allen Zeichen deiner Macht; laß deine Musikanten beim Klang der Flöten und Lärm der Zimbeln vor dir hergehen. Und laß dir folgen deine auserwähltesten Sklaven, deine liebsten Frauen, tausend wohlgepackte Kamele und gehe die Straße nach Istakhar. Da werde ich dich erwarten; gekrönt mit dem Diadem des Gian Ben Gian und in allen Genüssen schwelgend, werden dir die Talismane des Suleïman, die Schätze der preadamitischen Sultane ausgeliefert werden; aber Unglück über dich, wenn du unterwegs ein Obdach nimmst."

Der Kalif hatte bei all seiner gewohnten Schlemmerei doch noch niemals so gut gegessen. Also überließ er sich ganz der Freude, die ihm diese guten Nachrichten bereiteten und begann von neuem zu trinken. Carathis haßte den Wein nicht, und gab ihm Bescheid auf jeden Becher, den er ironisch auf die Gesundheit Mahomeds leerte. Dieser infernalische Wein gab ihnen vollends das gottloseste Selbstvertrauen. Sie stießen abscheuliche Blasphemien aus; der Esel Balaam, der Hund der sieben Schläfer und die andern Tiere, die ins Paradies des heiligen Propheten zugelassen sind, wurden Gegenstand ihrer skandalösen Scherze. In dieser Verfassung stiegen sie vergnügt die elftausend Stufen hinab und lachten über die unheilvollen Gesichter, die sie durch die Gucklöcher auf dem Platze unten sahen; sie kamen durch den unterirdischen Gang in die königlichen Gemächer. Babābaluk spazierte da ganz ruhig auf und ab und kommandierte die Eunuchen, welche die Kerzen schneuzten und die schönen Augen der Zirkassinnen malten. Kaum erblickte er den Kalif, als er ausrief: „Ha! ich sehe, daß Sie nicht verbrannt sind, und ich hab auch nicht daran gezweifelt."

„Was geht uns an, was du geglaubt oder nicht geglaubt hast!" schrie ihn Carathis an. „Geh und laufe zu Morakanabad, und sage ihm, daß wir ihn sprechen wollen und überlege dir unterwegs, wie du es anstellen sollst, deine frechen Bemerkungen zu lassen."

Der Großvessir erschien unverzüglich: Vathek und seine Mutter empfingen ihn mit feierlichem Ernste und sagten ihm in bedauerndem Tone, daß das Feuer auf dem Turme gelöscht wäre, daß es aber leider das Leben der tapferen Leute gekostet habe, die zur Rettung herbeigekommen wären.

„Noch mehr Unglück!“ rief Morakanabad klagevoll. „Ach! Befehlshaber der Gläubigen, unser heiliger Prophet ist gewiß böse auf uns; es steht bei Euch, ihn zu beruhigen.“

„Wir werden ihn schon beruhigen“, antwortete der Kalif mit einem Lächeln, das nichts Gutes versprach. „Ihr werdet Ruhe genug bekommen, um Euren Gebeten obzuliegen; dieses Land verdirbt mir die Gesundheit; ich will Luft wechseln; der Berg mit den vier Quellen langweilt mich; ich muß aus dem Flusse Rocnabad trinken und mich in den schönen Tälern erfrischen, die er benetzt. Während meiner Abwesenheit werdet Ihr meine Staaten regieren nach den Ratschlägen meiner Mutter und Ihr werdet Sorge tragen, ihr alles zu liefern, was sie für ihre Experimente braucht; denn Ihr wißt ganz gut, daß unser Turm voll ist von für die Förderung der Wissenschaften sehr kostbaren Dingen.“

Der Turm war gar nicht nach Morakanabads Geschmack, denn seine Erbauung hatte Schätze gekostet, und er hatte gesehen, daß nur Stumme, Negerinnen und böse Droguen hineingebracht worden waren. Er wußte auch schon nicht mehr, was er von Carathis halten sollte, die wie ein Chamäleon alle Farben annehmen konnte. Ihre verfluchte Beredsamkeit hatte den armen Muselman schon oft zur Verzweiflung gebracht. Aber wenn sie schon nicht viel taugte, so war ihr Sohn noch viel schlimmer und so freute es ihn, daß er ihn für eine Zeit los sein sollte. Also ging er hin und beruhigte er das Volk und bereitete alles für die Abreise seines Herrn vor.

Um den Geistern des unterirdischen Palastes noch mehr zu gefallen, wollte Vathek, daß seine Reise von unerhörter Pracht sein solle. Zu diesem Zwecke konfiszierte er rechts und links die Güter seiner Untertanen, während seine würdige Mutter die Harems besuchte und sie ihrer kostbarsten Gemmen beraubte. Alle Schneiderinnen und Stickerinnen von Samarah und der andern großen Städte fünfzig Meilen in der Runde arbeiteten ohne Unterlaß an den Palankinen, Sofas, Zelten, Kanapees und Sänften für den Zug des Monarchen. Man nahm alle schönen Stoffe aus Masulipotan, und man verbrauchte soviel Musselin, um Bababaluk und die andern schwarzen Eunuchen hübsch zu machen, daß keine Elle davon im ganzen babylonischen Irak zurückblieb. Während dieser Vorbereitungen gab Carathis, die ihr großes Ziel nie aus dem Auge verlor, kleine Soupers, um sich den finsteren Mächten angenehm zu machen. Die durch ihre Schönheit berühmtesten Frauen waren dazu eingeladen. Sie suchte immer die zartesten und weitesten aus. Es gab nichts eleganteres als diese Soupers. Aber wenn die Fröhlichkeit allgemein wurde, ließen die Eunuchen unter dem Tische Vipern los und leerten ganze Töpfe mit Skorpionen. Man kann sich denken, daß all das Zeug wunderbar zubiß. Carathis tat, als ob sie gar nichts davon bemerkte, und niemand wagte sich zu rühren. Wenn sie sah, daß ihre Gäste den Geist aufgaben, amüsierte sie sich damit, die Wunden mit einem vorzüglichen Theriak ihrer eigenen Erfindung zu verbinden; denn diese gute Prinzessin verabscheute jede Untätigkeit.

Vathek war nicht so rührig wie seine Mutter. Er schlug sich auf die Seite der Sinne und verbrachte seine Zeit in dem Palast, der ihnen geweiht war. Man sah ihn weder im Diwan noch in der Moschee. Und während die eine Hälfte von Samarah seinem Beispiel folgte, stöhnte die andere Hälfte unter den Fortschritten dieser Verderbnis.

Mitten in diese Ereignisse kam die Gesandtschaft aus Mekka zurück, die man zu frömmeren Zeiten dahin geschickt hatte. Sie bestand aus den allerältesten Mullahs. Ihre Mission hatten sie sehr gut erledigt und brachten einen dieser kostbaren Besen mit, die das heilige Kaaba gekehrt hatten; es war ein Geschenk, des größten Fürsten der Erde durchaus würdig.

Der Kalif befand sich gerade an einem wenig zum Empfang einer Gesandtschaft geeigneten Ort. Er vernahm die Stimme Bababaluks, die vor den Portieren rief: „Hier ist der vortreffliche Ebn Edris Al Shafei und der seraphische Muhateddin, die den Besen von Mekka bringen und mit Freudentränen danach verlangen, ihn Ihrer Majestät persönlich zu überreichen“.

„Man bringe mir diesen Besen hierher“, sagte Vathek; „er kann hier vielleicht nützlich sein.“

„Wie?“ fragte Bababaluk, etwas erschrocken.

„Gehorche!“ rief der Kalif, „denn es ist mein höchster Wille; hier und nirgends anderswo will ich diese guten Leute empfangen, die dich in Freude versetzen“.

Der Eunuch zog brummend ab und bat die ehrwürdigen Herren, ihm zu folgen. Eine heilige Verzückung ergriff diese respektablen Greise, und obschon sie müde von ihrer langen Reise waren, folgten sie Bababaluk doch mit einer Lebhaftigkeit, die ans Wunder grenzte. Sie schlürften durch die kaiserlichen Säulengänge und fanden es sehr schmeichelhaft, daß der Kalif sie nicht wie gewöhnliche Leute im Audienzsaal empfing. Bald gelangten sie in das Innere des Serail, wo sie hinter reichen Seidenteppichen große schöne blaue und schwarze Augen zu erblicken glaubten, die wie Blitze kamen und gingen. Von Respekt und Staunen ganz durchdrungen und voll von ihrer heiligen Mission, schritten sie in Prozession auf einen kleinen Korridor zu, der nicht zu enden schien und sie zu dieser kleinen Zelle führte, wo sie der Kalif erwartete.

„Sollte der Herrscher der Gläubigen krank sein?“ sagt ganz leise Ebn Edris Al Shafei zu seinen Genossen. „Er ist ohne Zweifel in seinem Betgemach“, erwiderte Al Muhateddin.

Vathek, der dieses Zwiegespräch gehört hatte, schrie sie an: „Was kümmert es euch, wo ich bin? Kommt nur herbei!“ Dann streckte er die Hand durch die Portiere und verlangte den heiligen Besen. Jeder warf sich respektvoll und so gut es die Enge des Korridors erlaubte zur Erde und es gelang dabei sogar ein ganz hübscher Halbkreis. Der ehrenwerte Ebn Edris Al Shafei zog den Besen aus den parfümierten und gestickten Leinen, die ihn dem Auge der Profanen verbergen sollten, löste sich von seinen Genossen und schritt würdig auf das vermeintliche Betgemach zu. Aber welches Erstaunen und Entsetzen erfaßte ihn da! Vathek riß ihm den Besen aus der zitternden Hand und kehrte mit einem mokanten Lachen einige Spinnweben von der Decke herunter, bis keine einzige übrig war.

Die bestürzten Greise wagten es nicht, ihre Barte von der Erde zu heben. Sie sahen alles; denn Vathek hatte höchst unbekümmert die Vorhänge zurückgezogen, die sie von ihm trennten. Ihre Tränen machten den Marmor naß. Al Muhateddin war ohnmächtig geworden vor Schrecken und Müdigkeit, während der Kalif sich zurücklehnte, lachte und ohne Erbarmen in die Hände klatschte. „Mein lieber Schwarzer“, sagte er hierauf zu Bababaluk, „geh und regaliere diese braven Leute mit meinem guten Wein von Schiras. Weil sie sich rühmen können, meinen Palast besser zu kennen als irgend einer, so kann man ihnen nicht genug Ehre erweisen.“ Mit diesen Worten warf er ihm den Besen an die Nase und machte sich auf, mit Carathis zu lachen. Bababaluk tat sein möglichstes, die Greise zu trösten, aber die zwei allerschwächsten starben auf dem Platze; die andern wollten das Licht fürder nicht mehr sehen und ließen sich in ihre Betten bringen, aus denen sie nie wieder aufstanden.

Die andere Nacht stiegen Vathek und seine Mutter auf den Turm, um die Sterne über die Reise zu befragen. Die Konstellation war in einem sehr günstigen Aspekt, und der Kalif wollte dieses so schmeichelhafte Schauspiel ganz auskosten. Er soupierte fröhlich auf der Plattform, die noch ganz schwarz war von dem scheußlichen Opfer. Während des Mahles vernahm man ein mächtiges Gelächter in der Luft, und Vathek zog daraus die günstigsten Schlüsse auf die Zukunft.

Alles im Palast war in Bewegung. Die Lichter gingen die ganze Nacht nicht aus; das Lärmen von Hämmern und Ambossen, die Stimmen der Frauen und ihrer Wächter, die singend stickten, alles dies brach in das Schweigen der Natur und gefiel Vathek ungemein, der schon glaubte, im Triumph auf den Thron des Suleïman zu steigen.

Das Volk war nicht minder zufrieden als er. Jeder legte Hand ans Werk, um den Augenblick zu beschleunigen, der ihn von den Launen eines so extravaganten Herrn befreien sollte.

Am Tage vor der Abreise dieses unsinnigen Fürsten glaubte Carathis ihm ihre Ratschläge wiederholen zu müssen. Unaufhörlich sagte sie ihm die Bestimmungen des mysteriösen Pergaments her, die sie auswendig gelernt hatte, und schärfte ihm vor allem ein, unterwegs ja bei niemandem einzukehren, und sei es auch wer immer. „Ich weiß wohl“, sprach sie, „daß du auf gute Platten aus bist und auf junge Mädchen; aber begnüge dich mit deinen alten Köchen, die die besten der Welt sind, und erinnere dich daran, daß es in deinem ambulanten Serail wenigstens drei Dutzend hübsche Gesichter gibt, denen Bababaluk noch nicht die Schleier gelüftet hat. Wäre meine Gegenwart hier nicht vonnöten, so würde ich selber über deine Aufführung wachen. Ich hätte große Lust, mir diesen unterirdischen Palast anzusehen, der mit für unsereinen so interessanten Dingen angefüllt ist; nichts liebe ich mehr als Unterirdisches; ich habe einen entschiedenen Geschmack für Leichen und Mumien und ich wette, du wirst dort das Höchste in dieser Art antreffen. Vergiß mich also nicht, und in dem Augenblick, wo du im Besitz der Talismane bist, die dir das mineralische Königreich ausliefern und dir das Innere der Erde öffnen werden, versäume es nicht, einen vertrauenswerten Geist hierher zu schicken, daß er mich mitsamt meinem Kabinett hole. Das Öl der Schlangen, die ich zu Tode gequält habe, wird ein sehr hübsches Geschenk für den Giaur sein, der diese Art Leckereien heben dürfte."

Nachdem Carathis diese erbauliche Rede geendigt hatte, ging die Sonne hinter dem Berge der vier Quellen unter und machte dem Monde Platz. Dieses Gestirn, das gerade in seiner Völle war, schien den Augen der Frauen, der Eunuchen und Pagen, die alle ganz ungeduldig auf die Reise waren, von herrlicher Schönheit und ganz ungewöhnlicher Größe zu sein. Die Stadt zitterte von Freudengeschrei und Trompeten. Man sah nichts als wehende Federn auf allen Fahnen und im sanften Mondlicht glitzernde Agraffen. Der große Platz glich einem Blumenbeete, das mit den schönsten Tulpen des Orients ganz bedeckt war.

Der Kalif, im großen Zeremonienkleide, stützte sich auf seinen Vessir und auf Bababaluk und kam die große Turmrampe herunter. Die ganze Menge warf sich vor ihm auf den Boden, und die prächtig panaschierten Kamele knieten vor ihm nieder. Das Schauspiel war herrlich und selbst der Kalif stand eine Weile, um es zu bewundern. Alles verharrte in respektvollem Stillschweigen, das nur von einigem Geschrei der Eunuchen in der Arrieregarde gestört wurde. Diese wachsamen Diener hatten bemerkt, daß einige Damenkäfige sich allzusehr auf eine Seite neigten: einige galante junge Herren waren nämlich geschickt hineingeklettert; aber man hatte sie sehr schnell entdeckt und übergab sie mit guten Empfehlungen den Chirurgen des Serail.

Doch solche kleine Zwischenfälle unterbrachen die Majestät dieser großen Szene gar nicht. Vathek begrüßte den Mond mit sichtlicher Verehrung, und die Doktoren der Rechte waren skandalisiert über diese Götzendienerei, ebenso wie die Vessire und die Großen des Reichs, die da versammelt waren, um noch einmal das Gesehenwerden von ihrem Herrn zu genießen. Endlich gaben Trompeten und Hörner von der Spitze des Turmes aus das Zeichen zum Aufbruch. Obwohl die Instrumente ganz schön zusammenstimmten, glaubte man doch einige Dissonanzen zu hören; es war Carathis, die Hymnen an den Giaur sang, wozu die Negerinnen und die Stummen wortlos den Kontinuobaß machten. Die frommen Muselmanen glaubten das Surren dieser nächtlichen Insekten zu hören, die ein schlechtes Vorzeichen bedeuten und baten Vathek, auf seine geheiligte Person recht Acht zu geben.

Man entfaltete das große Banner des Kalifats; zwanzigtausend Lanzen leuchteten auf einmal auf; und der Kalif betrat voll Majestät die goldenen Gewebe, die man vor seine Füße gebreitet hatte und bestieg unter Zurufen seiner Untertanen die Sänfte. Alsbald entwickelte sich der Zug in schönster Ordnung und so lautlos, daß man die Nachtigallen in den Zwergbäumen der Ebene von Katul singen hörte. Man legte vor Tagesgrauen sieben gute Meilen zurück, und der Morgenstern glänzte noch am Firmament, als der mächtige Zug ans Tigrisufer kam, wo man Zelte errichtete, um den Rest des Tages zu ruhen.

Die drei folgenden Tage vergingen in gleicher Weise. Am vierten aber stand der zornige Himmel in tausend Feuern; der Donner machte einen entsetzlichen Lärm, und die zitternden Zirkassinnen umklammerten ihre häßlichen Wärter. Der Kalif hatte große Lust, sich in die mächtige Stadt Gulchissar zu flüchten, deren Gouverneur gekommen war, ihm Erfrischungen anzubieten. Aber nachdem er sich die Schüsseln angesehen hatte, ließ er sich furchtlos und beharrlich vom Regen bis auf die Knochen durchweichen, taub gegen alle Bitten seiner Favoritinnen. Sein

Unternehmen lag ihm zu sehr am Herzen, und seine großen Hoffnungen unterstützten seinen Entschluß. Bald aber verirrte sich der Zug; man ließ die Geographen kommen, um von ihnen zu erfahren, wo man wäre; aber ihre ganz durchnäßten Karten waren in ebenso traurigem Zustand wie sie selber; zudem hatte man seit Harun Al-Raschids Zeiten keine weiten Reisen mehr gemacht: man wußte daher nicht mehr, nach welcher Richtung man zu gehen hatte. Und Vathek, der große Kenntnisse über die Stellung der Himmelskörper besaß, wußte nicht, wie er auf der Erde daran war. Also schimpfte er noch mehr als der Donner und ließ ein paarmal das Wort Galgen hören, das den literarischen Ohren nicht sehr wohltat. Endlich, als er niemandem sonst mehr folgen wollte als seiner Idee, befahl er die steilabfallenden Felsen zu traversieren und einen Weg zu wählen, von dem er glaubte, daß er ihn in vier Tagen nach Rocnabad führen müsse: man mochte einwenden was man wollte, sein Entschluß stand fest.

Die Frauen und Eunuchen, die niemals etwas ähnliches erlebt und gesehen hatten, zitterten beim Anblick dieser Felsenwände und stießen ein erbärmliches Geschrei aus, als sie die entsetzlichen Abgründe sahen, welche die steilen Wege säumten, die man nun ging. Die Nacht brach an, bevor der Zug den höchsten Gipfel erreicht hatte. Ein heftiger Windstoß riß die Vorhänge der Palankine und Tragkäfige in Fetzen und gab die armen Damen der ganzen Wut des nun entfesselten Sturmes preis. Die Finsternis des Himmels vermehrte noch den Schrecken dieser grausigen Nacht; man hörte nur das Jammern der Pagen und das Heulen der Fräulein.

Zu allem Unglück vernahm man erschreckliches Brüllen, und bald sah man auch in der Dunkelheit des Waldes flammende Augen, die nur den Teufeln oder den Tigern gehören konnten. Die Pioniere, die den Weg so gut es ging herrichteten, und ein Teil der Avantgarde wurden verschlungen, ehe sie sichs versahen. Die Konfusion war unsagbar; die Wölfe, die Tiger und die andern fleischfressenden Tiere liefen, vom Heulen ihrer Kameraden eingeladen, von allen Seiten herbei. Überall hörte man Knochen knacken, und in der Luft ein unheimliches Flügelschlagen; denn die Geier gesellten sich ebenfalls zur Partie.

Das Entsetzen gelangte schließlich zum Hauptkorps der Truppen, das den Monarchen und seinen Serail umgab und das zwei Meilen weiter zurück war. Vathek hatte noch gar nichts bemerkt; er lag weich auf seidenen Kissen gebettet in seiner weitläufigen Sänfte, und während zwei kleine Pagen, weißer als das Email von Franguistan, von ihm die Fliegen abhielten, schlief er einen festen, ruhigen Schlaf, in dessen Träumen er die Schätze Suleïmans leuchten sah. Das Klaggeschrei seiner Frauen ließ ihn mitten im Schlaf in die Höhe fahren, und statt den Giaur mit seinem goldenen Schlüssel, sah er Bababaluk ganz bestürzt und weg. „Sire“, rief dieser treue Diener des mächtigsten der Monarchen, „das Unglück erreicht seine Höhe; die wilden Tiere, die Ihre geheiligte Person nicht mehr respektieren werden als einen toten Esel, sind über unsere Kamele hergefallen: dreißig der am reichsten beladenen sind samt ihren Führern zerrissen worden; Ihre Bäcker, Ihre Köche und die Ihre Vorräte trugen, haben das gleiche Schicksal erfahren, und wenn unser heiliger Prophet uns nicht beschützt, so essen wir zeitlebens nicht mehr.“

Bei dem Wort essen verlor der Kalif seine ganze Haltung; er heulte und schlug sich selber mit den Fäusten. Als Bababaluk sah, daß sein Herr vollständig den Kopf verloren hatte, verstopfte er sich die Ohren, um wenigstens das Gezeter des Serail nicht zu hören. Und als die Finsternis immer mehr zunahm, und der Lärm immer größer wurde, faßte er einen heroischen Entschluß. „Vorwärts, meine Damen und Herren“, schrie er aus Leibeskräften, „legen wir Hand ans Werk! Es soll nicht gesagt sein, daß der Herrscher der wahren Gläubigen ungläubigen Tieren zum Fraße wurde.“

Obschon er nicht wenig Störrische und Kapriziöse unter seinen Schönen hatte, waren bei dieser Gelegenheit doch alle ganz folgsam. In einem Augenblick sah man in allen Damenkäfigen Feuer aufleuchten. Zehntausend Fackeln waren auf der Stelle angezündet, und jedermann bewaffnete sich mit großen Wachskerzen, selbst der Kalif. In Öl getauchtes Werg, an lange Stangen gesteckt, wurde angezündet, und verbreitete ein solches Licht, daß die Berge davon taghell erleuchtet waren. Die Luft war ganz erfüllt von Funkenregen, den der Wind überall hintrieb, so daß das Feuer bald Gras und Strauch ergriffen hatte. Und schon verbreitete sich die Feuersbrunst rapide. Von allen Seiten sah man Schlangen verzweifelt flüchten, die mit abscheulichem Zischen aus den Löchern fuhren. Die Pferde streckten die Nüstern in die Luft, wieherten und schlugen aus.

Ein Zedernwald, an dem man vorbei kam, geriet in Brand und die Aste, die über den Weg hingen, übertrugen das Feuer auf die feinen Musseline und schönen Stoffe der Damenkäfige, so daß ihre Insassinnen herausspringen mußten, auf die Gefahr, sich den Hals zu brechen. Vathek spie tausend Flüche aus, denn er war wie die andern gezwungen, seinen heiligen Fuß auf die bloße Erde zu setzen.

Noch niemals war etwas ähnliches vorgekommen. Die Damen, die sich nicht zu helfen wußten, fielen in den Schmutz, voll Ärger, Scham und Wut. „Ich gehen?“ sagte die eine; „meine Füße naß machen?“ die andere; „ich meine Kleider beschmutzen?“ rief eine dritte; „niederträchtiger Bababaluk!“ riefen alle auf einmal, „du Höllendreck! Was hattest du Fackeln nötig? Lieber hätten uns die Tiger fressen sollen, als daß man uns in diesem Zustande sieht! Jetzt sind wir für ewig verloren. Es gibt keinen Packträger in der ganzen Armee, keinen Kamelputzer, der sich nicht rühmen kann, einen Teil unseres Körpers gesehen zu haben und, was das Schlimmste ist, unser Gesicht.“ Bei diesen Worten warfen sich die Schamhaftesten mit dem Gesicht in den Straßenschmutz; die ein bißchen mehr Kourage hatten, wollten auf Bababaluk losgehen; der aber war klug und kannte sie und floh deshalb was er konnte mit seinen Genossen, die Fackeln schwenkend und dazu die Cymbale schlagend.

Die Feuersbrunst verbreitete ein Licht wie die Sonne am schönsten Hundstag und es war auch dementsprechend heiß. Und Gipfel aller Schrecken! Man sah den Kalif wie einen ganz gewöhnlichen Sterblichen im Dreck stecken! Die Sinne begannen ihm zu schwinden; er konnte nicht mehr weiter. Eine seiner äthiopischen Frauen (er besaß von allen Sorten) hatte Mitleid mit ihm, nahm ihn um den Leib und setzte ihn sich auf die

Schultern; da sie sah, daß das Feuer immer mehr um sich griff, lief sie pfeilschnell davon, trotz der Schwere ihrer Last. Den andern Damen hatte die Gefahr den Gebrauch ihrer Beine wieder beigebracht und sie liefen nach, so schnell sie konnten; die Wächter rannten hinterdrein, und die Knechte warfen sich auf die Kamele und stürzten nach.

So kam man an den Ort, wo die wilden Tiere ihren Fraß begonnen hatten. Diese aber waren gescheut genug, sich bei dem Heranlärmen dieser wilden Jagd zurückzuziehen; außerdem hatten sie ja bereits vorzüglich gespeist. Bababaluk ergriff übrigens noch zwei, drei der fettesten Biester, die sich so voll gefressen hatten, daß sie nicht von der Stelle kamen, und er machte sich daran, ihnen ganz sauber das Fell abzuziehen. Da man bereits weit genug von der Feuersbrunst weg war und die Hitze kaum mehr und ganz angenehm verspürte, so entschloß man sich, an dieser Stelle zu rasten. Man suchte die Fetzen der beschmutzten Leinwand zusammen; man begrub die Überreste der Mahlzeit der Wölfe und Tiger; man rächte sich an einigen Dutzend Geiern, die ihren Rausch hatten und nicht mehr auffliegen konnten. Und nachdem man die Kamele abgezählt hatte, die ganz ruhig ihr Ammoniak zubereiteten, brachte man so gut es ging die Damen unter und schlug das kaiserliche Zelt an der am wenigsten abschüssigen Stelle auf.

Vathek streckte sich auf seine Daunenmatratzen aus und erholte sich allmählich von den Stößen der Äthiopierin; denn es war ein rauhes Reiten gewesen. Die Ruhe brachte ihm auch wieder seinen gewohnten Appetit, und er verlangte zu essen. Aber, o Unglück, diese delikaten Brote, die man in silbernen Öfen für seinen königlichen Mund gebacken hatte, die süßen Kuchen, die ambrosischen Konfitüren, die Flaschen mit Schiraswein, diese mit Schnee gefüllten Porzellane, diese ausgezeichneten Trauben, die an den Ufern des Tigris wachsen – alles war verloren! Bababaluk hatte nichts sonst anzubieten als einen fetten, am Rost gebratenen Wolf, gedämpfte Geier, bittere Kräuter, giftige Champignons, Disteln, Mandragorawurzeln, die den Hals geschwürig machen und die Zunge aufreißen. Als Getränk hatte er nichts als ein paar Flaschen schlechten Branntwein, welche die Eseltreiber in ihren Babuschen versteckt hatten.

Man begreift, daß ein solch abscheuliches Essen Vathek zur Verzweiflung bringen mußte; er stopfte sich die Nase zu und kaute mit entsetzlichen Grimassen. Trotzdem aß er nicht wenig und fiel darauf in einen Verdauungsschlaf, der sechs Stunden dauerte.

Währenddem waren alle Wolken vom Himmel verschwunden. Die Sonne brannte mächtig, und die Strahlen, von den Felsen zurückgestrahlt, rösteten den Kalif trotz der Vorhänge, die ihn einschlossen. Ein Schwarm stinkender, absynthfarbener Fliegen stach ihn bis aufs Blut. Als er es nicht mehr aushielt, wachte er mit einem Satz auf, ganz außer sich; er wußte nicht was sei und schlug wie ein Toller um sich, während Bababaluk weiter schnarchte, ganz bedeckt von diesem häßlichen Geschmeis, das seiner Nase den Hof machte. Die kleinen Pagen hatten ihre Fächer weggeworfen. Sie waren ganz hin vor Hunger und gebrauchten ihre letzten Seufzer dazu, dem Kalif bittere Vorwürfe zu machen, der so zum ersten Male in seinem Leben die Wahrheit vernahm.

Da brach er aufs neue in Beschimpfungen gegen den Giaur aus und fing sogar an, Mahomed einige Artigkeiten zu sagen. „Wo bin ich?“ rief er; „was sind das für niederträchtige Berge! und diese Täler der Finsternis! sind wir an das entsetzliche Kaf gekommen und wird nun die Simurge mir die Augen ausbrennen, um sich für meine gottlose Expedition zu rächen?“ Während er das sagte, steckte er den Kopf durch eine Öffnung des Zeltes; aber großer Gott, was zeigte sich seinem Auge! Auf der einen Seite eine Ebene aus schwarzem Sand, deren Ende nicht abzusehen; auf der andern senkrechte Felsen, ganz bedeckt mit dieser fürchterlichen Distel, von deren Genuß ihm noch die Zunge brannte. Doch glaubte er zwischen den Dornen und Stacheln einige riesenhafte Blumen zu sehen; aber er irrte sich; es waren nur Stücke von der bemalten Leinwand und Fetzen seiner prächtigen Cortege. Da in den Felsen viele Schluchten waren, horchte Vathek auf, um das Geräusch eines Stromes zu hören. Aber er hörte nur das dumpfe Murren seiner Leute, die seine Reise verfluchten und nach Wasser verlangten. Einige schrieen sogar in seiner nächsten Nähe: „Warum hat man uns hierher geführt? Hat unser Kalif vielleicht noch einen Turm zu bauen? Oder haben die unbarmherzigen Afriten, die Carathis so sehr liebt, hier ihre Wohnung?“

Bei dem Namen Carathis erinnerte sich Vathek an gewisse Täfelchen, die sie ihm gegeben hatte, daß er sich in verzweifelten Fällen daraus berate. Während er darin blätterte, hörte er einen Freudenschrei und Händeklatschen; die Zeltvorhänge öffneten sich und er erblickte Bababaluk, dem ein Trupp seiner Damen folgte. Sie brachten ihm zwei Zwerge, jeder einen Ellbogen hoch, die einen Korb, mit Melonen, Orangen und Granatäpfeln gefüllt, trugen und mit silberner Stimme sangen: „Wir wohnen auf dem Gipfel dieser Berge, in einer Hütte, gebaut aus Rohr und Weiden; die Adler beneiden uns um unsere Behausung; eine kleine Quelle gibt uns das Wasser für die heiligen Waschungen, und kein Tag vergeht, ohne daß wir die Gebete unseres heiligen Propheten beten. Wir lieben Euch, o Herrscher der Gläubigen! Unser Herr, der gute Emir Fakreddin, liebt Euch auch; er verehrt in dir den Statthalter Mahomeds. So klein wir auch sind, er setzt Vertrauen in uns; er macht es, daß unsere Herzen ebenso gut sind wie unser Körper armselig; und er hat uns hierher gesetzt, damit wir denen beistehen, die sich in diesen traurigen Bergen verirren. Wir waren letzte Nacht in unserer kleinen Zelle damit beschäftigt, den heiligen Koran zu lesen, als ein unbändiger Sturm plötzlich unsere Lampen verlöschte und unsere Behausung erzittern machte. Zwei Stunden vergingen in tiefster Dunkelheit; da hörten wir aus der Ferne ein Klingeln, das wir für die Glöckchen einer Karawane hielten, die die Felsen überschreitet. Dann hörten wir wütendes Schreien, Brüllen und den Ton von Zymbalen. Eisstarr vor Schrecken glaubten wir, daß der Deggial mit seinen Vertilgerengeln gekommen wäre, seine Geißeln über die Erde zu schwingen. Mitten unter solchem Denken erhoben sich Flammen, die Blutfarbe hatten, auf dem Horizont, und einige Augenblicke später waren wir ganz mit Funken bedeckt. Außer uns vor Schrecken über dieses Schauspiel haben wir uns hingekniet, das Heilige Buch geöffnet, und bei der Helligkeit der Feuer, die uns umgaben, lasen wir die Stelle, die sagt: Man darf sein Vertrauen nur in die Barmherzigkeit Gottes legen; nirgends sonst ist Zuflucht als beim heiligen Propheten; der Berg Kaf selber kann zittern, aber die Allmacht Allahs ist unerschütterlich. Nachdem wir diese Worte gesprochen hatten, kam eine himmlische Ruhe über uns; es wurde ein tiefes Schweigen, und unsere Ohren hörten deutlich eine Stimme in der Luft, die sagte: Diener meines gläubigen Dieners, legt eure Sandalen an und steigt in das glückliche Tal, das Fakreddin bewohnt; sagt ihm, daß eine bedeutende Gelegenheit sich ihm bietet, den Durst seines gastfreundlichen Herzens zu stillen; es ist der Herrscher der wahren Gläubigen, der selber in diesen Bergen herumirrt; man muß ihm beistehen. Freudig folgten wir diesem Auftrag des Engels; und unser Herr hat mit eigenen Händen und frommem Eifer diese Melonen, Orangen und Granatäpfel gepflückt; er folgt uns mit hundert Dromedaren, die Wasser aus seinen besten Brunnen bringen; er kommt, um den Rand Eures heiligen Kleides zu küssen, und Euch zu bitten, in sein einfaches Haus zu kommen, das in diese unfruchtbare Wüste eingeschlossen ist wie ein Smaragd in Blei gefaßt.“ Nachdem die Zwerge also gesprochen hatten, blieben sie mit über dem Magen gekreuzten Händen in tiefem Schweigen.

Während dieser schönen Rede hatte sich Vathek des Korbes bemächtigt, und lange bevor sie fertig war, waren die Früchte in seinem Munde verschwunden. Je mehr er aß, desto frömmer wurde er, sprach Gebete und verlangte gleichzeitig den Alkoran und Zucker.

Es war ihm sehr behaglich, als ihm die Täfelchen, die er beim Erscheinen der Zwerge zur Seite gelegt hatte, in die Augen fielen; er nahm sie wieder auf. Aber er glaubte aus seiner Höhe zu fallen, als er die mit großen roten Buchstaben von der Hand der Carathis geschriebenen Worte las, die von einer Zeitgemäßheit waren, die ihn erzittern machte: „Hüte dich vor alten Doktoren und deren kleinen Boten, die nur einen Ellbogen hoch sind; hüte dich vor ihrem frommen hinterlistigen Getue; statt ihre Melonen zu essen, muß man sie selbst an den Spieß stecken. Wenn du schwach genug bist, bei ihnen einzukehren, so wird sich das Tor des unterirdischen Palastes schließen und seine Drehung wird dich zu Brei zermalmen. Man wird auf deinen Leib spucken, und die Fledermäuse werden ihr Nest in deinem Bauch machen“.

„Was bedeutet dieser entsetzliche Gallimathias?“ rief der Kalif, „soll ich denn in dieser gräßlichen Sandwüste verdursten, während ich mich in dem glücklichen Tal der Melonen und Gurken erfrischen kann? Verflucht sei der Giaur mit seinem Tor aus Ebenholz! Er hat mir schon genug zu tun gegeben. Und dann: wer kann mir Gesetze diktieren? Ich darf bei niemandem einkehren, heißt es; aber kann ich an irgend einem Ort eintreten, der mir etwa nicht gehört? Ich kehre also nur bei mir selber ein.“ Bababaluk, der kein Wort von diesem Selbstgespräch verloren hatte, gab ihm aus vollem Herzen Beifall und alle Damen waren seiner Meinung, was bislang noch nie passiert war.

Man feierte die Zwerge, streichelte sie, setzte sie fein sauber auf seidene Kissen, bewunderte die Symmetrie ihrer kleinen Körper, wollte alles an ihnen sehen, schenkte ihnen Berlocken und Bonbons. Aber sie wiesen alles mit einem respektvollen Ernst zurück. Sie kletterten auf den Sitz des Kalifen, setzten sich auf seine Schultern und flüsterten ihm Gebete in seine Ohren. Ihre kleinen Zungen gingen wie zitternde Blätter, und die Geduld des Kalifen hatte ihren Höhepunkt erreicht, als die Zurufe der Truppen die Ankunft Fakreddins verkündeten, mit hundert Graubärten, ebensovielen Exemplaren des Koran und ebensoviel Dromedaren. Schnell ging man an die rituellen Waschungen und an das Hersagen des Bismillah. Vathek entledigte sich seiner unbequemen Mahner und tat dasselbe; denn er hatte ganz heiße Hände.

Der gute Emir, der über die Maßen fromm und ein großer Komplimentenmacher war, hielt eine Rede, fünfmal so lang und fünfmal weniger interessant als die seiner kleinen Vorläufer. Der Kalif konnte sich nicht länger halten und schrie: „Bei Mahomed! Machen wir einen Schluß, mein lieber Fakreddin, und gehen wir in unser schönes grünes Tal, die hübschen Früchte zu essen, die der Himmel dir geschenkt hat.“ Beim Worte: Gehen wir, setzte man sich schon in Bewegung; die Greise ritten ein bißchen langsam; aber unter der Hand hatte Vathek den kleinen Pagen befohlen, den Dromedaren die Sporen zu geben. Die Kapriolen, die diese Tiere machten und die Ängste ihrer achtzigjährigen Reiter, das war so lustig, daß man aus allen Käfigen lachen hörte.

Also stieg man glücklich in das Tal hinab über große Treppen, die der Emir in die Felsen hatte hauen lassen; schon hörte man das Plätschern der Bäche und das Rauschen des Laubes. Bald erreichte der Zug einen Pfad, der mit blühenden Sträuchern eingesäumt war und in einen großen Palmgarten führte, dessen Blätter ein mächtiges Gebäude aus gehauenem Stein beschatteten. Dieses Bauwerk war von neun Kuppeln gekrönt und mit ebensovielen bronzenen Toren verziert, auf denen folgende Worte in Email zu lesen waren: „Hier ist das Asyl der Pilger, die Zuflucht der Reisenden, und der Ort, wo die Geheimnisse der ganzen Welt niedergelegt sind“.

Neun Pagen, schön wie der Tag und dezent in lange Gewänder aus ägyptischem Schinz gekleidet, standen an jedem Tor. Sie empfingen die Prozession mit fröhlichem Gesicht. Vier der liebenswürdigsten hoben den Kalifen auf einen prächtigen Taktrevan; vier andere, die etwas weniger graziös waren, beluden sich mit Bababaluk, der vor Freude zitterte, als er das hübsche Nest sah, das er da haben sollte; der Rest des Zuges wurde von den andern Pagen untergebracht.

Nachdem alles was männlich verschwunden war, öffnete sich auf ihren harmonischen Angeln die Tür eines großen Flügels zur rechten Seite, und es kam eine junge Person heraus von leichtem Körperbau, und deren aschblondes Haar im Dämmerwind wehte. Eine Schar junger Mädchen, den Pleiaden gleich, folgte ihr auf den Fußspitzen nach. Sie liefen alle nach den Pavillons, in denen die Sultanas waren, und die junge Dame verneigte sich graziös vor ihnen und sagte: „Meine reizenden Prinzessinnen, Sie sind erwartet; wir haben die Ruhebetten gerichtet und Ihre Appartements mit Jasmin geräuchert; kein Insekt wird den Schlaf von Ihren Lidern abhalten; wir werden sie mit einer Million Federn vertreiben. Kommen Sie, sehr liebenswürdige Damen, Ihre zarten Füße erfrischen und Ihre Elfenbeinglieder in Bädern von Rosenwasser; und beim süßen Licht unserer duftenden Lampen werden Ihnen unsere Dienerinnen Märchen erzählen.“ Die Sultanas nahmen diese sehr obligeante Einladung mit vielem Vergnügen an und folgten der jungen Dame in den Harem des Emirs; wir verlassen sie da, um zum Kalifen zurückzukehren.

Vathek wurde unter eine große Kuppel geführt, die von tausend Lampen aus Bergkristall erleuchtet war. Ebensoviele Vasen aus demselben Stoffe, mit deliziösem Sorbet gefüllt, glänzten auf einem großen Tisch, wo eine Unmenge delikater Gerichte gerichtet war. Es gab da unter anderem Reis mit Mandelmilch, Safransuppe und Schaf à la crême, das der Kalif ganz besonders liebte. Er aß davon Unmengen, bezeigte in seiner Herzensgüte dem Emir viel Freundlichkeit und ließ die Zwerge gegen ihren Willen tanzen; denn diese kleinen frommen Geschöpfe wagten es nicht, dem Beherrscher der Gläubigen nicht zu gehorchen. Schließlich streckte er sich auf einen Sopha aus und schlief tiefer als je in seinem Leben.

Es herrschte unter dieser Kuppel eine friedliche Stille, die nur das Geräusch von Bababaluks Kinnbacken unterbrach, der sich für das unfreiwillige traurige Fasten auf der Reise entschädigte. Da er zu gut aufgelegt war, um schlafen zu können, und es nicht liebte, müßig zu sein, so wollte er gleich in den Harem gehen, um nach seinen Damen zu schauen, ob sie richtig mit Mekkabalsam abgerieben waren, ob ihre Augenbrauen und alles übrige in Ordnung wäre, mit einem Wort, um ihnen all die kleinen Dienste zu leisten, deren sie bedürftig waren.

Er suchte lange die Türe zum Harem, aber ohne Erfolg. Aus Furcht, den Kalifen zu erwecken, wagte er nicht zu rufen, und im Palaste regte sich kein Mensch. Er begann schon zu zweifeln, ob er mit seiner Absicht ans Ziel käme, als er etwas flüstern hörte; es waren die Zwerge, die zu ihrer alten Beschäftigung zurückgekehrt waren und zum neunhundertneunundneunzigsten Male in ihrem Leben den Koran lasen. Sie luden Bababaluk höflichst dazu ein, aber der hatte was anderes zu tun. Die Zwerge waren etwas über diese Unmoral skandalisiert, wiesen ihm aber doch den Weg zu den Gemächern, die er suchte. Man mußte, um dahin zu gelangen, durch hundert sehr dunkle Korridore gehen. Er tastete sich mit den Händen vorwärts, und am Ende eines langen Ganges hörte er das liebliche Gezwitscher von Frauen, und sein Herz ward davon freuderfüllt. „Ah! Ihr seid noch gar nicht eingeschlafen“, rief er, und hub zu laufen an; „glaubt nur ja nicht, daß ich mein Amt niedergelegt habe;

ich habe mich nur etwas dabei aufgehalten, das aufzuessen, was unser gnädiger Herr übrig gelassen hat."

Zwei schwarze Eunuchen, die da so laut sprechen hörten, trennten sich eilig von den andern, den Säbel in der Hand; aber bald rief es von allen Seiten: „Es ist nur Babābaluk! es ist nur Babābaluk!" Und dieser wachsame Wächter trat auf eine dunkelrote Seidenportiere zu, durch die eine angenehme Helle drang. Er unterschied ein großes ovales Bad aus poliertem Porphyr. Weite Vorhänge mit mächtigen Falten umgaben das Bad; sie waren halb geöffnet und ließen Gruppen von jungen Sklavinnen sehen, unter denen Bababaluk seine Schützlinge bemerkte, die mollig ihre Arme streckten, wie um das parfümierte Wasser zu küssen und sich von ihren Strapazen zu erholen. Die schmachtenden, zärtlichen Blicke, das ins Ohr flüstern, das kurze, kleine Auflachen, das diese zärtlichen Geständnisse begleitete, der süße Duft der Rosen, alles dies strömte eine solche Wollust aus, daß ihr selbst Bababaluk kaum widerstehen konnte.

Er bewahrte aber doch einen großen Ernst und befahl mit hoheitlicher Stimme, daß man den Damen aus dem Bade helfe und sie kunstvoll kämme. Während er diese Befehle erteilte, gab die junge Nuronihar, die Tochter des Emir, die schlank wie eine Gazelle und voll loser Streiche war, einer der Sklavinnen ein Zeichen, ganz leise die große Schaukel herunter zu lassen, die mit seidenen Schnüren am Plafond befestigt war. Während dies geschah, sprach sie Fingersprache mit den Frauen im Bade, die recht ungehalten darüber waren, aus diesem weichen Behagen heraus zu müssen; sie verwickelten ihr Haar, um Bababaluk Beschäftigung zu geben und trieben tausend andern Schabernack mit ihm.

Als Nuronihar sah, daß er die Geduld verlor, trat sie mit geheucheltem Respekt auf ihn zu und sagte: „Hoher Herr, es schickt sich nicht, daß der Chef der Eunuchen des Kalifen, unseres Herrschers, aufrecht steht; geruhen Sie, Ihre liebenswürdige Person zur Ruhe auf dieses Sopha zu legen, das vor Ärger zusammenbrechen wird, wenn ihm die Ehre entgeht, Sie aufzunehmen." Ganz entzückt von dieser so schmeichelhaften Anrede, erwiderte Bababaluk galant: „Entzücken meiner Augen, ich nehme gerne den Vorschlag an, der von Ihren zuckrigen Lippen kommt; und um wahr zu sein, muß ich sagen, daß meine Sinne durch die Bewunderung schwach geworden sind, die mir die strahlende Schönheit Ihrer Reize verursacht hat." „Legen Sie sich doch hin", sagte darauf Nuronihar, und drückte ihn auf das vermeintliche Sopha. Sofort flog die Maschine wie ein Blitz in die Höhe. Alle Frauen, die nun sahen, worum es sich handelte, stiegen nackt aus dem Bade und machten sich wie toll daran, die Schaukel in Schwung zu bringen. In wenigen Augenblicken durchfuhr sie die weite Kuppel und ließ den unglücklichen Bababaluk nicht zu Atem kommen. Einmal streifte er das Wasser, dann wieder schlug er fast mit der Nase gegen die Fenster; vergeblich erfüllte er die Luft mit seinem Geschrei und einer Stimme, die wie ein zerbrochener Topf klang; das laute Lachen verhinderte, daß man ihn hörte.

Nuronihar, trunken von Jugend und Lustigkeit, war nur an die Eunuchen der einfachen Harems gewöhnt; einen ebenso degutanten wie königlichen hatte sie noch niemals gesehen; deshalb amüsierte sie sich auch mehr darüber als alle andern. Schließlich fing sie an, persische Verse zu parodieren und sang: „Zarte und weiße Taube, die in den Lüften fliegt, gib einen Blick deiner treuen Gefährtin. Melodische Nachtigall, ich bin deine Rose; sing mir doch eine Strophe zur Lust meines Herzens".

Die Sultanas und die Sklavinnen ließen, sehr animiert von diesen Späßen, die Schaukel so hoch schwingen, daß das Seil riß und der arme Bababaluk wie eine Schildkröte mitten ins Wasser fiel. Es gab einen Schrei. Zwölf bis nun unsichtbare kleine Türen öffneten sich, und die Damen liefen schnell davon, nachdem sie ihm noch alle Tücher und Bademäntel an den Kopf geworfen und die Lichter ausgelöscht hatten.

Das arme Tier, bis an den Hals im Wasser und ganz im Finstern, konnte sich von dem Zeug nicht losmachen, das man auf ihn geworfen hatte; und er hörte zu seinem großen Schmerze noch von allen Seiten her lachen. Vergeblich plagte er sich, aus dem Bad zu kommen, dessen Rand von dem Öl aus den zerbrochenen Lampen so schlüpfrig war, daß er immer wieder mit dumpfem Plumps zurückfiel, der in der Kuppel widerhallte. Bei jedem solchen Sturz wiederholten sich die Lachsalven. Er glaubte, der Raum sei eher von Dämonen als von Frauen bewohnt, und entschloß sich, alle

Versuche aufzugeben und einfach im Wasser zu bleiben. Seine üble Laune entlud sich in Selbstgesprächen voller Jammern und Beschwören, wovon die bequem beieinander liegenden boshaften Nachbarinnen kein Wort verloren. Der Morgen überraschte ihn in diesem schönen Zustand; man zog ihn unter einem Haufen Wäsche halb erstickt heraus, naß bis auf die Knochen. Der Kalif hatte ihn überall suchen lassen, und er präsentierte sich vor seinem Herrn hinkend und zähneklappernd. Vathek rief, als er ihn in diesem Zustande sah: „Was hast du denn? Wer hat dich in die Marinade gelegt?“ – „Und Sie selber, wer hat Sie denn in diese verdammte Herberge gebracht?“ fragte ganz grob Bababaluk. „Schickt es sich für einen Monarchen wie Sie, sich mit seinem Harem bei einem alten Narren von Emir einzuquartieren, der nicht zu leben versteht? Nette Damen, die er hier hält! Stellen Sie sich vor, sie haben mich wie eine Brotkruste eingetunkt und haben mich die ganze Nacht durch auf ihrer verfluchten Schaukel tanzen lassen, wie einen Saltimbanque. Wahrhaftig ein gutes Beispiel für unsere Damen, denen ich so viel feine Manieren beigebracht habe!“

Vathek, der gar nichts aus dieser Rede verstand, ließ sich die ganze Geschichte erklären. Aber statt ihren armen Helden zu bedauern, fing er entsetzlich zu lachen an über die Figur, die er wohl auf der Schaukel gemacht haben müßte. Bababaluk war darüber schwer beleidigt und nur wenig fehlte, und er hätte allen Respekt verloren. „Lachen Sie, lachen Sie nur“, sagte er, „ich wollte, daß diese Nuronihar Ihnen auch einen Streich spielt, schlecht ist sie genug, um selbst Sie nicht zu schonen.“ Diese Worte machten jetzt keinen besonderen Eindruck auf den Kalifen, aber in der Folge erinnerte er sich daran.

Mitten in diese Unterhaltung hinein kam Fakreddin, um Vathek zu den feierlichen Gebeten abzuholen und zu den Waschungen, die auf einer weiten, von zahllosen Bächen bewässerten Wiese statt hatten. Der Kalif fand das Wasser angenehm frisch, die Gebete aber zum Sterben langweilig. Er zerstreute sich jedoch an der Unmenge von Calendern, Santonen und Derwischen, die auf der Wiese kamen und gingen. Besonders die Bramanen amüsierten ihn höchlichst, die Fakire und andern Enthusiasten, die aus Indien gekommen waren und im Durchreisen sich beim Emir aufhielten. Jeder von ihnen hatte sein Steckenpferd: die einen schleppten eine lange Kette mit sich, die andern einen Orang-Utang; andere waren mit Geiseln bewaffnet; und allen gelangen die verschiedenen Exerzitien vortrefflich. Man sah welche, die kletterten auf Bäume und balancierten mit einem Fuß in der Luft über einem kleinen Feuer, wozu sie sich erbarmungslos Nasenstüber gaben. Andere wieder liebkosten eine Schlange, und die ging ganz hübsch darauf ein. Diese ambulanten Fanatiker der Frömmigkeit begeisterten die Herzen der Derwische, Calender und Santone. Man hatte sie da in der Hoffnung versammelt, daß die Gegenwart des Kalifen sie von ihrer Verrücktheit kurieren und sie zum muselmanischen Glauben bekehren würde: aber man irrte sich leider sehr. Statt ihnen die wahre Lehre zu predigen, behandelte sie Vathek wie Buffone und Gaukler, trug ihnen seine Komplimente an Visnu und Ixhora auf und verliebte sich völlig in einen dicken Greis von der Insel Serendib, der der drolligste der ganzen Gesellschaft war. „Ach“, sagte er zu ihm, „um deiner Götter Liebe, mach doch einen Luftsprung, daß ich lache.“ Der beleidigte Greis begann laut zu weinen; und da es ein häßlich Weinen war, drehte ihm Vathek den Rücken. Bababaluk, der mit einem großen Sonnenschirm dem Kalifen folgte, sagte zu ihm: „Nehme sich Eure Majestät vor dieser Kanaille von Pöbel in Acht. Was für eine verrückte Idee, all dies Gesindel hier zu versammeln! Schickt es sich, einen großen Monarchen mit einem solchen Schauspiel zu regalieren, mit einem solchen Zwischenspiel von Meerkatzen, krätziger als Hunde? Wenn ich Sie wäre, würde ich ein großes Feuer befehlen und die Erde vom Emir, seinem Harem und seiner ganzen Menagerie reinigen.“ – „Schweig“, erwiderte Vathek. „Alles das amüsiert mich ungeheuer, und ich verlasse die Wiese nicht eher, bis ich nicht alle Tiere gesehen habe, die sie bewohnen.“

Während der Kalif weiterging, präsentierte man ihm alle Sorten der erbärmlichsten Geschöpfe: Blinde, Halbblinde, Herren ohne Nase, Damen ohne Ohren, und all das, um die große Nächstenliebe Fakreddins zu zeigen, der mit seinen Graubärten in der Runde herum Kataplasmen und

Pflaster austeilte. Um Mittag gab es einen prächtigen Auftritt Gelähmter, und bald sah man auf der Wiese die schönste Krüppelgesellschaft. Die Blinden gingen tastend mit den Blinden; die Lahmen humpelten miteinander, die Einarmigen schlenkerten den einen Arm, der ihnen geblieben war. Am Rande eines großen Wasserfalles fanden sich die Tauben zusammen; die von Pegu hatten die schönsten und größten Ohren und erfreuten sich der Annehmlichkeit, noch weniger zu hören als die andern. An diesem Platze gaben sich auch die Überflüssigen jeder Art ein Rendezvous, als da sind Kropfige, Bucklige und selbst Gehörnte, deren einige einen wunderbaren Glanz hatten.

Der Emir wollte das Fest feierlich gestalten und seinem berühmten Gast alle möglichen Ehren erweisen; deshalb ließ er auf dem Rasen eine Unzahl Häute und Tischtücher ausbreiten. Man servierte Pilaws von allen Farben und andere für die frommen Muselmanen orthodoxe Gerichte. Vathek, der ganz schamlos tolerant war, hatte Sorge getragen, einige verpönte Platten anzuschaffen, die den Gläubigen ein Skandal waren. Alsbald fing die ganze heilige Versammlung zu essen an. Der Kalif war sehr darauf aus, das Gleiche zu tun und gegen alle Vorstellungen des Eunuchenchefs wollte er das auf der Stelle tun, wo er sich gerade befand. Sofort ließ der Emir einen Tisch unter den Schatten der Erlen stellen. Als ersten Gang gab es einen Fisch, welcher aus einem Fluß gefangen war, der über goldenen Sand an einem hohen Felsen hinfloß. Man briet den Fisch so wie er war und würzte ihn mit feinen Kräutern vom Berg Sinai, denn beim Emir war alles ebenso fromm wie vortrefflich.

Man war gerade beim Dessert, als man einen melodischen Lautenklang von der Höhe des Berges hörte. Der Kalif schaute erstaunt und entzückt in die Höhe, als ihm ein Sträußchen Jasmin ins Gesicht flog. Tausendfaches Lachen folgte diesem kleinen Scherz, und durch das Gebüsch erblickte man die zierlichen Formen einer Anzahl junger Mädchen, die wie die Rehe sprangen. Der Geruch ihrer parfümierten Haare drang bis zu Vathek, der sein Mahl unterbrach und wie verzückt zu Bababaluk sagte: „Sind die Peris aus ihren Sphären herabgestiegen? Siehst du die, deren Taille so lose ist, die mit solcher Sicherheit an dem Rande der Abgründe hinspringt, und die, wenn sie den Kopf dreht, tut, als sähe sie auf nichts anderes als den graziösen Fall ihres Kleides? Mit was für einer hübschen kleinen Ungeduld sie ihren Schleier dem Gestrüpp streitig macht! Sollte es die sein, die mir den Jasmin geworfen hat?" – „Jawohl, das ist dieselbe", sagte Bababaluk, „nur sie ist es imstande, Euch selbst von der Höhe des Felsens hinunterzustürzen; ich erkenn sie wieder: es ist meine gute Freundin Nuronihar, die mir so nett ihre Schaukel geliehen hat. Mein Herr und Meister", fuhr er fort, indem er eine Weidengerte abbrach, „erlaubt mir, sie durchzuhauen dafür, daß sie sich gegen Euch verfehlt hat. Der Emir soll sich nur nicht darüber beklagen; denn, abgesehen von seiner Frömmigkeit, hat er sehr unrecht, sich einen Trupp Damen auf allen Bergen zu halten; die starke Luft macht die Gedanken zu lebhaft."

„Still, Gotteslästerer", sagte der Kalif. „Sprich nicht so von derjenigen, die mein Herz mit auf diese Berge nimmt. Mach lieber, daß meine Augen sich auf die ihren legen und daß ich ihren zarten Atem einatme. Mit welcher Grazie und welcher Leichtigkeit springt sie nicht in diesem ländlichen Gefilde!" Mit diesen „Worten streckte Vathek seine Arme gegen den Hügel hin, hob die Augen in einer Aufregung, wie er sie nie vorher empfunden hatte, und versuchte diejenige nicht aus dem Blick zu verlieren, die ihn schon ganz gefangen genommen hatte. Aber ihr Lauf war ebenso schwer zu verfolgen als der Flug einer dieser schönen azurnen Schmetterlinge von Kaschmir, die so selten und so mutwillig sind.

Vathek, nicht zufrieden damit, Nuronihar zu sehen, wollte sie auch hören und horchte aufmerksam auf jeden Ton. Da hörte er, wie sie einer ihrer Begleiterinnen zuflüsterte, wobei sie hinter das Gebüsch trat, von wo aus sie den Strauß geworfen hatte: „Man muß zugeben, ein Kalif ist ja etwas hübsches zum Anschauen, aber mein kleiner Gulchenruz ist viel lieber; eine Flechte seines schönen Haares ist mehr wert als die reichste indische Stickerei; lieber ist mir, daß seine Zähne mir in den Finger beißen, als der schönste Ring des kaiserlichen Schatzes. Wo hast du ihn gelassen, Sutlememe? Warum ist er nicht da?"

Der Kalif wurde unruhig und hätte gern noch mehr gehört; aber sie ging mit ihrem Gefolge weiter. Die verliebte Majestät folgte ihr mit den Augen, bis sie ganz verschwunden war, und blieb dann wie ein in der Nacht verirrter Reisender zurück, dem die Wolken die Sterne verhüllen, nach denen er sich richtet. Ein Vorhang von Finsternis schien sich vor ihm niederzulassen; alles kam ihm farblos vor, hatte für ihn sein Aussehen geändert. Das Murmeln des Baches trug die Melancholie in seine Seele, und Tränen fielen auf den Jasmin, den er an seine brennende Brust gesteckt hatte. Er hob ein paar Kieselsteine auf, als Erinnerung an den Ort, wo er das erste Gefühl einer Leidenschaft empfunden hatte, die ihm bis nun fremd und unbekannt gewesen. Tausendmal versuchte er aufzustehen, wegzugehen, aber ganz umsonst. Ein süßes Sehnen erfüllte seine Seele. Er lag am Bache und wendete den Blick nicht von dem bläuenden Gipfel des Berges. „Was verbirgst du mir, unerbittlicher Felsen?" rief er; „was ist aus ihr geworden? Was geht in dieser Einsamkeit vor? Himmel! vielleicht schweift sie jetzt mit ihrem glücklichen Gulchenruz in deinen Grotten!"

Schon fiel der Nachttau. Der um des Kalifen Gesundheit besorgte Emir befahl die königliche Sänfte; Vathek ließ sich tragen ohne es zu merken und wurde in den Saal gebracht, in dem er gestern empfangen worden war.

Aber lassen wir den Kalifen seiner neuen Leidenschaft, und folgen wir Nuronihar auf die Felsen, wo sie endlich ihren Geliebten Gulchenruz gefunden hatte. Dieser Gulchenruz war der einzige Sohn des Ali Hassan, dem Bruder des Emir, und das liebenswürdigste und delikateste Geschöpf der Welt. Seit zwei Jahren war sein Vater fern auf Reisen in unbekannten Meeren und hatte ihn der Sorge Fakreddins anvertraut. Gulchenruz konnte in verschiedenen Schriften mit einer wunderbaren Vollendung schreiben und malte auf Velin die allerschönsten Arabesken der Erde. Seine Stimme war sanft und er begleitete sie auf der Laute höchst charmant. Wenn er die Liebe von Megnun und Leilah sang, oder anderer unglücklicher Liebespaare dieser alten Zeiten, so traten den Zuhörern Tränen in die Augen. Seine Verse (er war wie Megnun ein Dichter) gaben Gefühle des Sehnens und Verlangens, gar gefährlich für die Frauen. Alle liebten ihn wie verrückt; obschon er bereits dreizehn Jahre alt war, hatte man ihn noch nicht aus dem Harem herauskriegen können. Sein Tanz war leicht wie der des Flaumhaares, das die Winde in der Luft fliegen lassen, wenn es Frühling ist. Aber seine Arme, die sich so graziös mit denen der Mädchen verschlangen, wenn er mit ihnen tanzte, konnten den Jagdspieß noch nicht werfen, noch die wilden Pferde bändigen, die sein Vater auf den Weiden hielt. Er schoß immerhin den Pfeil mit sicherer Hand vom Bogen und er hätte alle jungen Leute beim Laufen überholt, wenn man es gewagt hätte, die seidenen Bänder zu lösen, die ihn an Nuronihar festhielten.

Die beiden Brüder hatten ihre Kinder gegenseitig versprochen, und Nuronihar liebte ihren Vetter mehr als ihre eigenen Augen, so schön die auch waren. Beide hatten dieselben Neigungen und Beschäftigungen, denselben schmachtenden langen Blick, dasselbe Haar und dieselbe weiße Haut; und wenn Gulchenruz die Kleider seiner Cousine anzog, schien er noch mehr Weib zu sein als sie. Wenn er zufällig den Harem für einen Augenblick verließ, um zu Fakreddin zu gehen, so geschah es mit der Schüchternheit des jungen Damhirsches, der sich von der Hirschkuh getrennt hat. Bei all dem hatte er Witz genug, sich über die feierlichen Graubärte lustig zu machen; die schalten ihn aber auch oft ohne Barmherzigkeit aus. Dann lief er zornig in das Innere des Harems, zog alle Portieren hinter sich zu und floh, weinend in die Arme der Nuronihar. Sie liebte seine Fehler mehr als man je die Tugenden geliebt hat.

Also Nuronihar lief, nachdem sie den Kalifen auf der Wiese gelassen hatte, mit Gulchenruz über die rasentapezierten Berge, die das Tal schützten, wo Fakreddin seine Residenz hatte. Die Sonne ging am Horizont unter, und diese jungen Leute, deren Phantasie erregt und lebhaft war, glaubten in den schönen Sonnenwolken die Kuppeln von Schaddukiam und Ambreabad zu sehen, wo die Peris wohnen. Nuronihar hatte sich an den Abhang gesetzt und hielt des Gulchenruz duftenden Kopf auf ihren Knien. Aber die unvorgesehene Ankunft des Kalifen und der Glanz, der ihn umgab, hatten schon ihre brennende Seele gefangen genommen. Von ihrer Eitelkeit verleitet, konnte sie es nicht lassen, sich vor dem Fürsten zu zeigen. Sie hatte ganz gut bemerkt, daß er den Jasmin aufhob, den sie ihm zugeworfen hatte, und ihrer Eigenliebe schmeichelte das. Und so wurde sie auch ganz verwirrt, als Gulchenruz sie fragte, was aus dem Strauß geworden sei, den er ihr gepflückt habe. Statt aller Antwort küßte sie ihn auf die Stirn, stand dann schnell auf und ging in einer unbeschreiblichen Erregtheit und Unruhe ein paar Schritte weit.

Die Nacht kam heran. Das klare Gold der untergehenden Sonne hatte einem blutenden Rot Platz gemacht, und Farben, wie die eines glühenden Ofens, kamen auf die brennenden Wangen Nuronihars. Der arme kleine Gulchenruz bemerkte es. Er zitterte bis in die Tiefe seiner Seele hinein, seine liebe Cousine so erregt zu sehen. „Gehen wir", sagte er ganz schüchtern, „es geht etwas Böses in den Lüften vor. Diese Tamarinden zittern mehr als sonst, und dieser Wind macht mir das Herz starr. Komm, gehen wir, dieser Abend ist sicher unheilverkündend." Mit diesen Worten nahm er Nuronihar bei der Hand und zog sie mit aller Kraft davon. Sie folgte ihm, ohne zu wissen was sie tat. Tausend sonderbare Gedanken waren in ihr. Sie kamen durch ein großes Rondell von Geisblatt, das sie so sehr liebte; jetzt achtete sie gar nicht darauf; bloß Gulchenruz, obwohl er lief, als wenn ein wildes Tier hinter ihm drein wäre, konnte sich nicht enthalten, ein paar Zweige davon abzubrechen.

Als die jungen Mädchen sie so schnell herankommen sahen, glaubten sie, sie wollten wie immer tanzen, und machten gleich einen Kreis und faßten einander bei der Hand; aber Gulchenruz ließ sich außer Atem aufs Moos fallen. Da bemächtigte sich dieser lustigen Schar Bestürzung. Nuronihar, fast außer sich und gleich stark erschöpft von dem Tumult ihrer Gedanken wie vom Laufen, warf sich auf ihn, nahm seine kleinen kalten Hände, wärmte sie an ihrem Busen, und rieb seine Schläfen mit einer duftenden Salbe. Endlich kam er wieder zu sich, und indem er den Kopf in Nuronihars Kleidern barg, bat er sie, noch nicht in den Harem zurückzukehren. Er fürchtete, von Schaban, seinem Erzieher, gezankt zu werden, einem alten runzeligen Eunuchen, der keiner von den sanftesten war. Dieser widerliche Wächter hätte es schlecht gefunden, daß er den gewohnten Spaziergang Nuronihars gestört hatte. Die ganze Schar setzte sich also rund auf den Rasen und begann tausend kindliche Spiele. Die

Eunuchen setzten sich in einiger Entfernung hin und unterhielten sich auf ihre Art. So war alles vergnügt, nur Nuronihar blieb gedankenvoll und abgeschlagen. Ihre Amme merkte es und fing lustige Geschichten an, die Gulchenruz, der schon alle seine Sorgen vergessen hatte, sehr gut gefielen. Er lachte, klatschte in die Hände und trieb hundert kleine Späße mit der Versammlung, sogar mit den Eunuchen, die er durchaus verleiten wollte, daß sie ihn haschten, ganz gegen ihr Alter und ihre Dekrepiertheit.

Währenddem ging der Mond auf. Der Abend war ganz entzückend, und allen war so wohl, daß man beschloß, im Freien zu soupieren. Einer der Eunuchen holte Melonen; die andern schüttelten frische Mandeln von den Bäumen. Sutlememe, die sich vorzüglich auf Salate verstand, füllte große Porzellanschüsseln mit den köstlichsten Blättern, mit Eiern kleiner Vögel, dicker Milch, Zitronensaft und Gurkenschnitten, und servierte davon in der Runde mit einem großen Löffel aus dem Schnabel des Cocknosvogels. Aber Gulchenruz, der wie gewöhnlich an den Busen Nuronihars gebettet war, preßte seine kleinen köstlichen Lippen zusammen, sobald ihm Sutlememe etwas anbot. Er wollte von niemandem andern etwas, als aus seiner Cousine Hand, die er an seinen Mund heftete, wie eine Biene, die sich am Blumenseim berauscht.

Während dieser allgemeinen Fröhlichkeit erschien auf dem höchsten Gipfel der Berge ein Licht, das aller Blicke auf sich zog. Und dieses Licht verbreitete eine so süße Helligkeit, daß man es für den Vollmond gehalten hätte, wäre dieses Gestirn nicht am Himmel gestanden. Dies Schauspiel verursachte eine allgemeine Überraschung; man erschöpfte sich in Vermutungen. Es konnte von keiner Feuersbrunst sein, denn das Licht war klar und bläulich, und noch niemals hatte man ein Meteor von solcher Färbung noch Größe gesehen. Für einen Augenblick erblaßte die Helligkeit; gleich darauf nahm sie wieder zu. Erst glaubte man es ruhend auf dem Felsgipfel; dann plötzlich verließ es seinen Platz und leuchtete in einem Palmwald; von da ging es den Bachsturz entlang und hielt endlich am Eingang eines finstern und engen Tales. Gulchenruz, dessen Herz allem Unvorhergesehenen und Außergewöhnlichen gegenüber erschauerte, zitterte vor Angst. Er zog Nuronihar am Kleide und bat sie, in den Harem zu gehen. Auch die Frauen baten darum; aber die Neugierde der Tochter des Emir war zu groß. Sie wollte durchaus der Erscheinung nachgehen.

Während man sich noch darüber stritt, kam aus dem Licht ein solch blendender Feuerstrahl, daß alle unter großem Geschrei davon liefen. Auch Nuronihar machte einige Schritte nach rückwärts; aber bald blieb sie stehen und ging dann wieder auf das Licht zu. Die Kugel hing nun in der Schlucht und brannte in majestätischer Ruhe. Nuronihar kreuzte die Arme über der Brust und zauderte eine Weile. Die Angst Gulchenruz', die tiefe Einsamkeit, in der sie sich zum ersten Male in ihrem Leben befand, die große Ruhe der Nacht, alles das regte sie mächtig auf. Tausendmal war sie nahe daran, umzukehren; aber immer stand diese leuchtende Kugel vor ihr. Eine unwiderstehliche Macht trieb sie vorwärts durch Dornen und Disteln und über alle Hindernisse, die sie anders hätten aufhalten müssen.

Als sie am Eingang der Schlucht war, umgab sie plötzlich tiefe Finsternis, und sie sah nur noch ein schwaches Fünkchen, das ganz weit entfernt war. Das Geräusch der Wasserfälle, das Rauschen der Palmen und das düstere und abgebrochene Schreien der Vögel in den Baumwipfeln, alles das brachte Entsetzen in ihre Seele. Jeden Augenblick glaubte sie auf ein giftiges Reptil zu treten. Alle Geschichten, die man ihr von den bösen Geistern und finstern, menschenfressenden Ghulen erzählt hatte, fielen ihr ein. Zum zweiten Male blieb sie stehen; und wieder gewann die Neugierde die Gewalt über sie und mutig schlug sie einen krummen, schmalen Weg ein, der gegen das Fünkchen hinging. Bis hierher wußte sie, wo sie war; doch kaum hatte sie diesen Pfad betreten, als sie sich auch schon verirrte. „Ach!“ rief sie, „warum bin ich nicht in meinen sichern Gemächern, die so hübsch erleuchtet sind und wo ich meine Abende mit Gulchenruz verbringe! Lieber! wie würdest du zittern, irrtest du wie ich in dieser tiefen Einöde!“ Und immer ging sie weiter. Plötzlich zeigten sich ihr in die Felsen gehauene Stufen; das Licht vergrößerte sich und schien über ihr wieder auf dem höchsten Gipfel des Berges zu liegen. Ruhig schritt sie die Stufen aufwärts. Als sie eine gewisse

Höhe erreicht hatte, schien ihr das Licht aus einer Art Höhle zu kommen; klingende und melodische Töne ließen sich hören, Stimmen, die sich zu einer Art Gesang schlossen, wie man ihn auf den Gräbern singt. Ein Geräusch, wie wenn man Badewannen füllt, traf plötzlich ihr Ohr. Sie entdeckte große flammende Kerzen, die hier und da in die Löcher des Gesteins gestellt waren. Das machte sie starr vor Entsetzen; aber sie ging immer weiter; der feine und heftige Geruch dieser Kerzen belebte sie wieder, und sie kam an den Eingang der Grotte.

Ganz in Ekstase schaute sie in das Innere und erblickte eine große goldene Wanne, gefüllt mit einem Wasser, dessen feiner Dampf sich auf ihrem Gesicht als ein Regen von Rosenessenz niederschlug. Eine leise Musik ertönte in der Grotte; an den Rändern der Wanne lagen königliche Gewänder, Diademe, Reiherfedern mit leuchtenden Karfunkeln. Während sie diese Kostbarkeiten bewunderte, hörte die Musik auf, und eine Stimme ließ sich vernehmen, die sprach: „Für wen hat man diese Kerzen angezündet, dieses Bad bereitet und diese Kleider, die nur einem Herrscher geziemen, nicht nur einem über die Erde, sondern auch über die talismanischen Mächte?“

„Es ist für die reizende Tochter des Emir Fakreddin“, antwortete eine andere Stimme.

„Wie?“ fragte wieder die erste, „für diese Tolle, die ihre Zeit mit einem flatterhaften Kinde hinbringt, das in Weichlichkeit erzogen und einen jammervollen Gatten abgeben wird.“

„Was sagst du da?“ sprach die andere Stimme; „kann sie sich wirklich mit solchen Nichtigkeiten abgeben, wenn der Kalif in Liebe zu ihr entbrannt ist, der Herrscher der Welt, der die Schätze der preadamitischen Sultane haben soll, ein Fürst, der sechs Fuß hoch ist und dessen Augen bis in die innerste Seele der jungen Mädchen dringen? Sie wird eine Liebe nicht zurückweisen, die sie mit Ruhm bedeckt, und sie wird ihr kindisches Spielzeug wegwerfen. Dann werden alle Schätze dieses Ortes, sowie der Karfunkel des Giamschid ihr gehören.“

„Ich glaube, du hast recht“, sagte die erste Stimme, „und ich gehe nach Istakar, um den Palast des unterirdischen Feuers zu richten zum Empfang des bräutlichen Paares.“

Die Stimmen schwiegen, die Fackeln verlöschten, die tiefste Dunkelheit folgte der strahlenden Helle, und Nuronihar fand sich der Länge nach ausgestreckt auf einem Sofa im Harem ihres Vaters. Sie klatschte in die Hände und alsbald liefen Gulchenruz und seine Frauen herbei, die ganz verzweifelt darüber waren, sie verloren zu haben und die Eunuchen schon überall herumgeschickt hatten, sie zu suchen. Auch Schaban kam hinzu und schimpfte schrecklich: „Sie unverschämte kleine Person“, schrie er, „entweder haben Sie falsche Schlüssel oder Sie werden von irgend einem Geist geliebt, der Ihnen ein Passepartout gibt. Ich will doch sehen, wie groß Ihre Macht ist; schnell auf Ihr Zimmer und durch die zwei Dachluken, und rechnen Sie nicht damit, daß Gulchenruz Sie begleitet! Allons, Madame, vorwärts, ich will Sie da doppelt einschließen“.

Bei diesen Worten hob Nuronihar ihr hohes Haupt und warf auf Schaban ihre schwarzen Augen, die noch viel größer geworden waren seit dem Zwiegespräch in der wunderbaren Grotte. „Geh“, sagte sie zu ihm, „sprich zu deinen Sklaven so, aber respektiere die, die dazu geboren ist, Gesetze zu geben und alles ihrer Herrschaft zu unterwerfen.“

Sie hätte in dem Tone noch mehr gesagt, wenn man nicht: „der Kalif! der Kalif!“ hätte rufen hören. Sofort wurden alle Portieren aufgezogen, die Sklavinnen warfen sich in doppelter Reihe auf den Boden, und der arme kleine Gulchenruz versteckte sich unter einer Estrade. Zuerst sah man eine Reihe schwarzer Eunuchen in weiten, goldgestickten Musselingewändern; sie hielten in ihren Händen kleine Pfannen, aus denen ein zartes Parfüm von Aloëholz aufstieg. Hinter ihnen schritt gravitätisch Bababaluk, der nicht allzusehr zufrieden mit diesem Besuch war und den Kopf schüttelte. Vathek, prächtig gekleidet, kam gleich hinter ihm; sein Gang war vornehm und leicht; man hätte sein gutes Aussehen bewundert, selbst wenn er nicht der Herrscher der Welt gewesen wäre. Er trat auf Nuronihar zu, und als er seine Augen auf die ihren, kaum erblickten, heftete, geriet er ganz außer sich. Nuronihar bemerkte es und senkte den Blick; aber ihre Verwirrung vermehrte noch ihre Schönheit und entflammte das Herz Vatheks noch mehr.

Bababaluk, ein Kenner in solchen Angelegenheiten, sah, daß er zum bösen Spiele gute Miene machen müsse und winkte den übrigen, sich zurückzuziehen. Er durchschritt den ganzen Saal, um nachzusehen, ob sich niemand versteckt hatte, und sah Füße, die unter der Estrade hervorschauten. Bababaluk zog sie ohne weiteres an sich, und als er sah, daß es die Füße Gulchenruz' waren, nahm er ihn auf seine Schultern und trug ihn unter tausend odiösen Zärtlichkeiten hinaus. Der Kleine schrie und schlug um sich, seine Wangen wurden rot wie Granatblüten und seine feuchten Augen leuchteten vor Zorn und Ärger. In seiner Verzweiflung warf er einen so bedeutungsvollen Blick auf Nuronihar, daß der Kalif es merkte und sagte: „Sollte das ihr Gulchenruz sein?"

„Herrscher der Welt, antwortete sie, „schonen Sie meinen Cousin, dessen Unschuld und Sanftmut Ihren Zorn nicht verdient."

„Beruhigen Sie sich.", erwiderte Vathek lächelnd, „er ist in guten Händen; Bababaluk liebt die Kinder, und er hat immer Bonbons bei sich."

Die Tochter Fakreddins ließ ganz verwirrt und ohne weitere Worte Gulchenruz davontragen. Aber die heftige Bewegung ihres Busens verriet die Aufregung ihres Herzens. Vathek war ganz hingerissen und überließ sich ganz den Delirien seiner heftigen Leidenschaft. Man leistete ihm nur noch ganz schwachen Widerstand, als plötzlich der Emir eintrat und sich mit der Stirn auf dem Boden vor dem Kalifen zu Füßen warf.

„Herrscher der Gläubigen", sprach er, „erniedrige dich nicht zu deiner Sklavin."

„Nein, mein Emir", erwiderte Vathek, „im Gegenteil, ich will sie zu mir erheben. Ich erkläre sie zu meiner Gattin, und der Ruhm deiner Familie wird sich vererben von Generation zu Generation."

„O Herr!" antwortete Fakreddin, und raufte sich das Haar seines Bartes, „kürze die Tage deines treuen Dieners, ehe er sein Wort bricht. Nuronihar ist feierlich Gulchenruz versprochen, dem Sohne meines Bruders Ali

Hassan; ihre Herzen sind miteinander verbunden; das Wort ist gegeben: man darf ein so heiliges Versprechen nicht verletzen.“

„Was!“ rief der Kalif zornig, „du willst diese göttliche Schönheit einem Gatten geben, der noch mehr Weib ist als sie selber? Du glaubst, ich würde diese Reize unter so schwachen und feigen Händen verwelken lassen? Nein, in diesen meinen Armen soll sie ihr Leben verbringen: so will es meine Lust! Geh und störe diese Nacht nicht, die ich der Anbetung ihrer Reize widme.“

Der gekränkte Emir zog alsofort seinen Säbel und übergab ihn Vathek; und indem er seinen bloßen Hals hinstreckte, sprach er festen Tones: „Herr, töte deinen unglücklichen Gastgeber; er hat zu lange gelebt, weil er sehen mußte, wie der Statthalter des Propheten die heiligen Gesetze der Gastfreundschaft verletzt.“

Nuronihar, die während dieses ganzen Vorgangs ohne ein Wort war, konnte den Kampf der so verschiedenen Gefühle in ihrem Herzen nicht länger ertragen. Sie fiel in Ohnmacht, und Vathek, der ebenso besorgt für ihr Leben war wie zornig über den Widerstand, fuhr Fakreddin an: „Hilf deiner Tochter!“ Und schleuderte ihm seinen gräßlichen Blick zu und ging. Der unglückliche Emir fiel nach rückwärts, in tödlichen Schweiß gebadet. Gulchenruz war den Händen Bababaluks entwischt und kam in dem Augenblick herein, als er Fakreddin und seine Tochter auf dem Boden liegen sah. Er schrie was er konnte um Hilfe. Das arme Kind versuchte Nuronihar mit seinen Zärtlichkeiten wiederzubeleben. Blaß und atemlos küßte er unaufhörlich den Mund seiner Geliebten. Endlich erweckte sie der sanfte Hauch seiner Lippen, und sie erwachte aus ihrer Ohnmacht.

Als Fakreddin sich vom Blicke des Kalifen erholt hatte, setzte er sich auf und schaute um sich, ob dieser gefährliche Vathek weg wäre; er ließ Schaban und Sutlememe rufen, zog sie auf die Seite, und sagte zu ihnen: „Meine Freunde, große Leiden verlangen starke Mittel. Der Kalif bringt Entsetzen und Verzweiflung in meine Familie, und ich weiß seiner Macht nicht zu widerstehen; ein zweiter solcher Blick bringt mich ins Grab. Man hole mir dieses Schlafpulver, das mir ein Derwisch aus Arracan mitgebracht hat. Ich werde diesen zwei Kindern eine Dosis davon geben, deren Wirkung drei Tage dauert. Der Kalif wird sie tot glauben. Dann tun wir so, als ob wir sie begraben würden und bringen sie in die Höhle der ehrwürdigen Meimouné, am Eingang der großen Sandwüste, nahe bei der Hütte meiner Zwerge; und wenn sich alle zurückgezogen haben, dann bringst du, Schaban, sie mit vier ausgewählten Eunuchen an den See, wohin ihr in der Zwischenzeit Vorräte für vier Monate gebracht haben werdet. Ein Tag für die Überraschung, fünf für die Tränen, vierzehn für die Überlegung und den Rest für die Vorbereitung zum Abzug, das ist nach meiner Berechnung die Zeit, die der Kalif brauchen wird, und ich bin ihn los."

„Der Gedanke ist gut", sagte Sutlememe; „man muß tun was möglich ist. Nuronihar scheint am Kalifen Gefallen zu finden. Und das ist sicher: solange sie ihn hier weiß, werden wir sie trotz ihrer Neigung zu Gulchenruz nicht in den Bergen da halten können. Überzeugen wir ihn, daß sie, wie auch Gulchenruz, wirklich tot ist und daß beide in die Felsen gebracht wurden, um da die kleinen Fehler zu büßen, die sie aus Liebe begangen haben. Wir werden ihnen sagen lassen, daß wir uns vor Schmerz umgebracht haben, und deine kleinen Zwerge, die sie noch nie gesehen haben, werden ihnen wie außergewöhnliche Leute vorkommen. Die Predigten, die sie ihnen halten werden, müssen einen großen Eindruck auf sie machen, und ich wette, alles wird sich zum besten wenden."

„Ich billige was du sagst", sprach Fakreddin, „gehen wir ans Werk."

Alsobald holte man das Pulver; man tat es in ein Sorbet, das Gulchenruz und Nuronihar ahnungslos tranken. Eine Stunde später fühlten sie Beklemmungen und starkes Herzklopfen. Eine allgemeine Mattigkeit bemächtigte sich ihrer. Sie erhoben sich und kamen kaum die Estrade hinauf; da legten sie sich auf den Sofa. „Gib mir warm, meine liebe Nuronihar", sagte Gulchenruz, indem er sich eng an sie schmiegte. „Leg deine Hand auf mein Herz, es ist wie Eis. Ach! du bist so kalt wie ich. Sollte der Kalif uns beide getötet haben mit seinem schrecklichen Blick?"

„Ich sterbe“, stöhnte Nuronihar mit erlöschender Stimme, „drücke mich; wenigstens will ich meine Seele auf deinen Lippen aushauchen.“

Der zärtliche Gulchenruz stieß einen tiefen Seufzer aus. Dann fielen ihre Arme herab und sie sprachen kein Wort mehr; beide blieben wie tot.

Nun erschallte ein großes Geschrei im ganzen Harem. Schaban und Sutlememe spielten die Verzweifelten mit großem Talent. Dem Emir war schon genug Schmerz, zu diesem äußersten Mittel gezwungen worden zu sein, und da er zum erstenmal eine Probe mit dem Pulver machte, brauchte er den Betroffenen nicht erst zu spielen. Man hatte alle Lichter ausgelöscht. Nur zwei Lampen warfen ein trauriges Licht auf die Gesichter der beiden schönen Blumen, die man im Frühling ihres Lebens verwelkt glaubte.

Man brachte die Trauergewänder, man wusch die Körper mit Rosenwasser und bekleidete sie mit langen Hemden, weißer als Alabaster; und ihre schönen Haarflechten band man zusammen und parfümierte sie mit den köstlichsten Gerüchen.

Man setzte ihnen gerade zwei Kronen von Jasmin, ihren Lieblingsblumen, auf, als der Kalif, der soeben von dem Ereignisse gehört hatte, herbeistürzte. Er war blaß und hager wie die Gulen, die nachts über den Gräbern hocken. Unter diesen höchst traurigen Umständen vergaß er sich und die Welt, drängte sich zwischen den Sklaven durch und warf sich vor der Estrade nieder, schlug sich auf die Brust, beschuldigte sich entsetzlichen Mordes und verwünschte sich tausendfach. Als er mit zitternder Hand den Schleier von Nuronihars bleichem Antlitz zog, stieß er einen großen Schrei aus und fiel hin wie tot. Das Oberhaupt der Eunuchen schnitt entsetzliche Grimassen und trug ihn auf der Stelle weg, wobei er die Bemerkung machte: „Ich wußte es wohl, daß Nuronihar Ihnen einen Streich spielen wird“.

Sobald der Kalif entfernt worden war, befahl der Emir die Särge und ließ den Eintritt in den Harem verbieten. Man schloß sämtliche Fenster, zerbrach alle Musikinstrumente, und die Imane begannen ihre Gebete herzusagen. Das Weinen und Klagen vermehrte sich am Abend, der diesem traurigen Tag folgte. Was Vathek anlangt, so klagte er stillschweigend, denn man hatte ihm beruhigende Mittel gegeben, um die Krämpfe seines Zornes und seines Schmerzes zu besänftigen.

Als der nächste Tag graute, öffnete man die großen Pforten des Palastes, und der Leichenzug setzte sich zum Berg hin in Bewegung. Die traurigen Schreie des Leillah-Illeilah drangen bis zum Kalifen, der erklärte, er wolle sich mit aller Gewalt beherrschen und dem Leichenzuge folgen; man hätte ihn auch niemals davon abhalten können, wenn er nicht so schwach gewesen wäre; so aber fiel er beim ersten Schritte hin und man mußte ihn zu Bett bringen, wo er einige Tage ganz apathisch lag, so daß selbst der Emir Mitleid mit ihm hatte.

Als die Prozession bei der Grotte von Meimoune ankam, verabschiedeten Schaban und Sutlememe jedermann, und nur die vier eingeweihten Eunuchen blieben bei ihnen. Und nachdem man sich eine Weile bei den Särgen ausgeruht hatte, die keiner ganz geschlossen waren, um Luft zuzulassen, trug man sie an das Ufer eines kleinen Sees, das mit einem weißgrauen Moos bewachsen war. Es war dies ein Ort, wo die Reiher und Störche hinkamen, die da auf kleine blaue Fische lauerten. Die Zwerge, vom Emir unterrichtet, kamen alsbald, und mit Hilfe der Eunuchen bauten sie Hütten aus Rohr und Weiden, worin sie sehr viel Übung hatten. Sie errichteten auch ein Magazin für die Vorräte, einen Betsaal für sich selber und eine Pyramide aus sorgfältig angeordneten Holzklötzen, die zur Feuerung dienten; denn es war kalt in diesen Felsgründen.

Am Abend machte man zwei große Feuer am Seeufer; hierauf wurden die beiden schönen Leichname aus dem Sarge gehoben, nach der Hütte getragen und sanft auf ein Bett aus trockenem Laub gelegt. Die beiden Zwerge sagten den Koran mit ihren klaren silbernen Stimmen her. Schaban und Sutlememe hielten sich in einiger Entfernung und warteten in großer Unruhe darauf, daß das Pulver mit seiner Wirkung zu Ende käme. Endlich streckten Nuronihar und Gulchenruz ganz schwach ihre Arme, öffneten die Augen und schauten sehr erstaunt auf ihre Umgebung. Sie versuchten auch aufzustehen, aber die Kraft versagte, und sie fielen auf ihr Blätterbett zurück. Sofort gab ihnen Sutlememe einen stärkenden Trank, mit dem sie der Emir versehen hatte.

Alsbald erwachte Gulchenruz vollständig, nießte kräftig und stand mit einem Elan auf, der sein Erstaunen lebhaft ausdrückte. Er trat vor die Hütte, sog gierig die Luft ein und rief: "Ich atme, ich höre Stimmen, ich sehe ein sternbesätes Firmament! Ich lebe noch!" Bei diesen teuren Lauten erhob sich auch Nuronihar aus den Blättern und eilte herzu, um Gulchenruz in ihre Arme zu schließen. Die langen Hemden, mit denen sie bekleidet waren, ihre Blumenkränze und ihre kalten Füße, das war das erste, das ihr auffiel. Sie verbarg das Gesicht in den Händen, um nachzudenken. Das Bild des verzauberten Baches, die Verzweiflung ihres Vaters, und besonders das königliche Gesicht Vatheks kamen ihr in den Sinn. Sie erinnerte sich daran, daß sie krank, ja im Sterben war, ebenso wie Gulchenruz; aber alles das war nur ganz verwirrt in ihrem Kopfe. Dieser sonderbare See, die Flammen, die sich in dem ruhigen Gewässer spiegelten, diese bleichen Farben der Erde, diese bizarren Hütten; das Schilfrohr, das sich von selbst so traurig schaukelte, die Störche, deren lügübres Geschrei sich mit den dünnen Stimmen der Zwerge vermischte – alles das überzeugte sie, daß der Engel des Todes ihr das Tor in ein neues Leben geöffnet habe.

Gulchenruz hatte sich ganz in Staunen verloren an seine Cousine geschmiegt. Auch er glaubte sich im Reiche der Schatten und schauderte vor dem Schweigen, das da herrschte. „Sag“, sprach er, „wo sind wir? Siehst du die Gespenster, die das Feuer hüten? Sind es Mukir und Nekir, die uns hineinwerfen werden? Führt die Schicksalsbrücke über diesen See, dessen feierliche Ruhe uns vielleicht einen Abgrund im Wasser verbirgt, in den wir Jahrhunderte lang fallen werden?“

„Nein, meine Kinder“, sagte Sutlememe und trat näher, „beruhigt euch; der vernichtende Engel hat unsere Seelen nach den euern ausgeschickt und uns mitgeteilt, daß euer allzuweichliches und wollüstiges Leben damit bestraft werden soll, eine lange Reihe von Jahren an diesem traurigen Ort zu verbringen, wo sich die Sonne kaum zeigt und die Erde weder Obst noch Blumen hervorbringt. Hier sind eure Wächter“, und sie deutete auf die Zwerge; „sie werden für unsere Bedürfnisse sorgen: denn so weltliche Seelen wie die unseren führen immer noch ein wenig ihre grobe irdische Existenz. Als Nahrung werdet ihr nur Reis haben, und euer Brot wird in dem Nebel gefeuchtet sein, der fortwährend diesen See bedeckt.“

Bei diesen traurigen Aussichten fingen die Kinder zu weinen an. Sie warfen sich vor den Zwergen nieder, die ihre Rolle sehr gut spielten, und ihnen, ihrer Gewohnheit treu, eine lange und schöne Predigt über das heilige Kamel hielten, das sie in einigen tausend Jahren in das Paradies der Gläubigen bringen würde.

Dieser Predigt folgten die religiösen Reinigungen, man lobte Allah und den Propheten, man speiste sehr mager zu Abend und legte sich nieder auf die trockenen Blätter. Nuronihar und ihr kleiner Cousin waren doch sehr froh, als sie sahen, daß sie, wenn auch tot, in der gleichen Hütte schliefen. Als sie genug geschlafen hatten, unterhielten sie sich den übrigen Teil der Nacht über die Dinge, die geschehen waren und küßten einander dabei fortwährend aus Furcht vor den Geistern.

Am andern Morgen in der Frühe, es war sehr dunkel und regnerisch, kletterten die Zwerge auf lange in den Boden gesteckte Stangen, die Minarets vorstellen sollten und riefen zum Gebet. Die ganze Gesellschaft versammelte sich; Sutlememe, Schaban, die vier Eunuchen, einige Störche, die das Fischen schon langweilte und die zwei Kinder. Diese kamen ganz langsam aus ihrer Hütte und da ihr Geist auf einen melancholischen und zärtlichen Ton gestimmt war, so beteten sie sehr inbrünstig. Nachher fragte Gulchenruz Sutlememe und die andern, wie es gekommen wäre, daß sie alle so à propos für sie gestorben wären.

„Wir haben uns aus Verzweiflung über euren Tod umgebracht“, antwortete Sutlememe.

Nuronihar, die trotz allem was vorgefallen war ihre Vision nicht vergessen hatte, rief da aus: „Und der Kalif? Ist auch er aus Schmerz gestorben? Wird er hierher kommen?“

Die Zwerge hatten das Wort und antworteten strenge: „Vathek ist verdammt ohne Gnade“.

„Das glaube ich“, rief Gulchenruz, „und es freut mich sehr; denn ich meine, daß es sein entsetzlicher Blick war, der uns hierher geschickt hat, Reis zu essen und Predigten anzuhören.“

Eine Woche ungefähr verfloß auf diese Weise an den Ufern des Sees. Nuronihar dachte an die glänzende Karriere, um die sie durch diesen langweiligen Tod gekommen war; und Gulchenruz betete mit den Zwergen und machte Weidenkörbe, was ihm sehr gefiel.

Während dieser unschuldigen Szene in den Bergen machte der Kalif beim Emir eine ganz andere. Er hatte kaum die Sinne wieder erlangt, als er mit einer Stimme, die Bababaluk zittern machte, ausrief: „Niederträchtiger Giaur! Du hast mir meine liebe Nuronihar umgebracht, ich entsage dir und tue Mahomed Abbitte; er hätte sie mir erhalten, wenn ich klüger gewesen wäre. Man gebe mir Wasser, daß ich die vorgeschriebenen Waschungen tue, und der gute Fakreddin soll herkommen, daß ich mich mit ihm aussöhne und daß wir gemeinsam beten. Und dann besuchen wir zusammen das Grab der unglücklichen Nuronihar. Eremit will ich werden und meine Tage in diesen Bergen verbringen, um meine Verbrechen abzubüßen.“

„Und was werden Sie da essen?“ fragte Bababaluk.

„Das weiß ich noch nicht“, erwiderte Vathek; „ich werde es dir sagen, wenn ich Appetit bekomme, was mir, glaube ich, auf lange hinaus nicht passieren wird.“

Die Ankunft Fakreddins unterbrach diese Unterhaltung. Sobald Vathek ihn sah, warf er sich ihm an den Hals und sagte ihm unter Schluchzen so fromme Dinge, daß der Emir Freudentränen weinte und sich innerlich zu der wunderbaren Bekehrung, die er da vollbracht hatte, beglückwünschte. Selbstverständlich wagte er es nicht, sich der Pilgerfahrt nach dem Berge zu widersetzen, also begab sich jeder in seine Sänfte und man brach auf.

Trotz aller Wachsamkeit, die man auf den Kalifen verwandte, konnte man ihn doch nicht daran verhindern, daß er an der Stelle, die man ihm als Nuronihars Grab bezeichnete, sich einige Kratzer beibrachte. Man hatte große Mühe, ihn davon wegzureißen, und er tat den feierlichen Schwur, daß er jeden Tag hierher kommen würde, was Fakreddin gar nicht gefiel; aber er freute sich, daß der Kalif sich nicht weiter vorwagte, und daß er sich damit begnügte, seine Gebete in der Grotte der Meimoune zu verrichten. Übrigens war der See so gut in den Bergen versteckt, daß Fakreddin es nicht für möglich hielt ihn zu entdecken. Diese Sicherheit des Emir wurde noch durch das Betragen Vatheks verstärkt. Er blieb wirklich bei seinem Entschluß und kam so fromm und ergeben vom Berge zurück, daß alle Gläubigen begeistert darüber waren.

Nuronihar ihrerseits war nicht ganz so zufrieden. Wennschon sie Gulchenruz sehr liebte und man sie ganz frei mit ihm gehen ließ, betrachtete sie ihn doch mehr als ein Spielzeug, das keinen Vergleich mit dem Karfunkel des Giamschid aushielt. Einigemal hatte sie sogar Zweifel über ihren Zustand und konnte es nicht verstehen, wie die Toten nur alle die Bedürfnisse und Neigungen der Lebenden haben können. Eines Morgens wollte sie sich darüber Gewißheit schaffen; sie stand ganz früh auf, gab dem Gulchenruz, der noch fest neben ihr schlief, einen Kuß, und ging das Ufer des Sees lang; da sah sie, daß er sich unter einem Felsen verlief, dessen Gipfel ihr nicht unerreichbar schien. Alsbald begann sie so gut sie konnte zu klettern und als sie den Himmel klar über sich sah, fing sie zu laufen an wie eine Hindin, die vom Jäger verfolgt wird. Obschon sie sehr leichtfüßig war, so mußte sie sich doch bald hinsetzen, um Atem zu schöpfen. Da machte sie nun ihre kleinen Überlegungen und glaubte die Gegend zu erkennen, als plötzlich Vathek vor ihr stand. Der erregte und ruhlose Fürst war vor Tagesanbruch aufgestanden. Als er Nuronihar sah, blieb er unbeweglich stehen. Er wagte es nicht, sich dem blassen und zitternden Gesicht zu nähern, das trotzdem so schön anzusehen war. Da schlug Nuronihar, halb zufrieden, halb gekränkt, ihre schönen Augen zu ihm auf und sagte: „Herr, du kommst also mit mir Reis zu essen und Predigten zu hören?“

„Geliebter Schatten“, rief Vathek, „du sprichst? Du hast immer noch dieselbe geschmeidige Gestalt, denselben strahlenden Blick? Kann man dich berühren?“ Und mit diesen Worten umarmte und küßte er sie mit aller Kraft, wobei er fortwährend rief: „Das ist ja Fleisch, warmes, lebendiges Fleisch! Was bedeutet dieses?“

Nuronihar erwiderte ganz bescheiden: „Du weißt, Herr, daß ich in derselben Nacht starb, als du mich mit deinem Besuch beehrtest. Mein Vetter sagt, ich sei an einem deiner Blicke gestorben, aber ich glaube es nicht; sie schienen mir nicht so schrecklich. Gulchenruz starb mit mir und beide wurden wir in ein recht trauriges Land gebracht, wo man sehr armselig ißt. Wenn du auch gestorben bist und zu uns kommst, dann tust du mir leid, denn dir wird ganz schwach werden von den Zwergen und den Störchen. Übrigens ist es bedauerlich für dich und für mich, die Schätze des unterirdischen Palastes verloren zu haben, die uns versprochen waren.“

Bei dem Worte unterirdischer Palast unterbrach der Kalif seine Liebkosungen, in denen er schon recht weit gegangen war, um sich von Nuronihar erklären zu lassen, was sie damit sagen wollte. Nun erzählte sie ihm die Vision, die sie gehabt hatte und was darauf folgte und die Geschichte ihres vermeintlichen Todes; sie beschrieb ihm den Ort des Todes, dem sie entronnen war, auf eine Weise, die ihn zum Lachen gebracht hätte, wäre er nicht sehr in Gedanken gewesen. Sie hatte kaum geendet, nahm sie Vathek in seine Arme und rief: „Licht meiner Seele, jetzt ist alles enträtselt. Wir sind beide ganz lebendig, aber dein Vater ist ein Spitzbube, der uns betrogen hat, um uns zu trennen; und der Giaur, der, so viel ich verstehe, uns zusammen reisen lassen wollte, ist nichts besseres. Er wird uns wenigstens nicht so sehr schnell in seinem Feuerpalast haben. Ich mache mir mehr aus deinem schönen Leibe, als aus allen Schätzen der voradamitischen Sultane; und ich will dich haben nach meines Herzens Lust und in der freien Luft, viele Monde lang, ehe ich unter die Erde krieche. Vergiß diesen kleinen Dummkopf Gulchenruz und –“

„Ach Herr, tu ihm kein Leid an“, unterbrach ihn Nuronihar.

„Nein, nein", sagte Vathek, „ich habe dir schon gesagt, du brauchst nicht für ihn fürchten; er ist zu sehr mit Zucker und Milch aufgefüttert, als daß ich auf ihn eifersüchtig sein sollte. Wir lassen ihn bei den Zwergen, die, nebenbei bemerkt, alte Bekannte von mir sind, das ist eine Gesellschaft, die besser zu ihm paßt als die deine. Übrigens geh ich nicht mehr zu deinem Vater zurück, ich will weder ihn noch seine Leute mir in die Ohren schreien lassen, daß ich die Gesetze der Gastfreundschaft verletze, als wenn es keine größere Ehre für dich wäre, den Herrscher der Welt zu heiraten als ein kleines Mädchen, das als Junge gekleidet ist."

Nuronihar hütete sich, solcher beredten Rede gegenüber nein zu sagen. Sie hätte nur gewünscht, daß der verliebte Monarch ein wenig mehr Lust nach dem Karfunkel des Giamschid gezeigt hätte; aber sie dachte, das würde schon mit der Zeit kommen und blieb mit allem einverstanden und in der bezauberndsten Unterwürfigkeit.

Als der Kalif es an der Zeit hielt, rief er Bababaluk, der in der Höhle der Meimoune schlief und träumte, daß der Geist der Nuronihar ihn wieder auf die Schaukel gesetzt habe und ihm einen solchen Stoß gab, daß er bald über die Berge flog, bald die Abgründe berührte. Bei der Stimme seines Herrn sprang er mit einem Satze auf, lief außer Atem herbei und dachte hinzustürzen, als er den Geist zu sehen glaubte, von dem er soeben geträumt hatte.

„Ach, Herr", rief er, zehn Schritte zurückweichend und indem er seine Hände vor die Augen hielt, „grabt Ihr die Toten aus? Treibt Ihr das Handwerk der Gulen? Aber meint nicht, diese Nuronihar verspeisen zu können, denn nach allem, was sie mir zu dulden auferlegte, ist sie schlecht genug, Euch selber aufzufressen."

„Hör auf den Dummen zu spielen", sagte Vathek; "du wirst bald überzeugt sein, daß die, die ich hier in den Armen halte, die ganz frische und sehr lebendige Nuronihar ist. Geh, und laß meine Zelte in einem Tale aufschlagen, das ich hier in der Nähe sah; ich will da wohnen bleiben mit dieser schönen Tulpe, der ich die Farben bald wiedergeben werde.

Verschaff uns und richt uns alles, was man zu einem wollüstigen Leben braucht, bis ich anders befehle.“

Die Nachricht von diesem unangenehmen Ereignis gelangte bald zu den Ohren des Emir. In Verzweiflung darüber, daß sein Plan nicht gelungen war, ergab er sich ganz seinem Schmerze und beschmierte sich das Gesicht reichlich mit Asche; seine treue Gefolgschaft tat das gleiche, und der Palast geriet in schreckliche Unordnung. Alles wurde vernachlässigt: man empfing keine Reisenden mehr, man teilte keine Pflaster mehr aus und an Stelle der Wohltätigkeit, die in diesem Asyle herrschte, zeigten seine Bewohner nur noch ellenlange Gesichter; da war nur Klagen und Jammern.

Gulchenruz war ganz starr, als er seine Cousine nicht mehr fand. Und die Zwerge waren nicht weniger überrascht als er. Nur Sutlememe, klüger als die andern, ahnte, was geschehen war. Man heiterte Gulchenruz mit der schönen Hoffnung auf, daß er Nuronihar bald wiederfinden würde, irgendwo auf dem Berge, wo die Erde mit Orangenblumen und Jasmin bedeckt sei und bessere Betten als die in der Hütte bieten würde, wo man zu den Klängen der Laute singen und man auf die Jagd nach den Schmetterlingen gehen würde.

Sutlememe war mitten in dieser hübschen Beschreibung, als sie einer der vier Eunuchen beiseite zog, sie über die Flucht Nuronihars aufklärte und die Befehle des Emir überbrachte. Sofort hielt sie Rat mit Schaban und den Zwergen; man packte zusammen; man setzte sich in eine Schaluppe und fuhr ruhig ab. Gulchenruz war mit allem zufrieden; als man aber an die Stelle kam, wo der See sich unter dem Felsen verlor, die Barke da eingefahren war und Gulchenruz sich in völliger Dunkelheit fand, wurde ihm so angst, daß er entsetzlich schrie; denn er glaubte, daß man ihn nun ganz tot machen würde, dafür, daß er es mit seiner Cousine zu lebendig getrieben hatte.

Währenddem hatten der Kalif und die Königin, die über sein Herz regierte, prächtige Tage. Bababaluk hatte die Zelte aufschlagen und die beiden Eingänge in das Tal mit prächtigen Wandschirmen absperren lassen, die mit indischem Tuche beschlagen waren und von äthiopischen Wächtern mit dem Säbel in der Hand bewacht wurden. Um den Rasen dieses schönen Rundes immer frisch zu erhalten, begossen weiße Eunuchen ihn ununterbrochen aus Spritzschläuchen. Die Luft um den kaiserlichen Pavillon war durch unermüdliche Fächer angenehm bewegt; ein sanfter Tag drang durch die Musseiline und beleuchtete diesen Ort der Wollust, wo der Kauf die Reize Nuronihars reichlich genoß. Trunken vor Entzücken hörte er ihrer schönen Stimme zu und den Klängen ihrer Laute. Und sie lauschte ganz begeistert den Beschreibungen, die er ihr von Samarah machte, und von seinem Turme, angefüllt mit allen Wundern. Das Abenteuer mit der Kugel gefiel ihr besonders und er mußte es öfters erzählen, ebenso wie die Geschichte vom Abgrund, wo der Giaur am Tore aus Ebenholz mit dem Schlüssel lag.

So verlief der Tag und des Nachts badeten diese Liebenden gemeinsam in einem großen Bassin aus schwarzem Marmor, von dem sich die weiße Haut Nuronihars wunderbar abhob. Bababaluk, bei dem die Schöne wieder in Gnaden gekommen war, trug Sorge, daß ihre Mahlzeiten mit der größten Sorgfalt bereitet wurden; immer gab es ein paar neue Gerichte, und er ließ aus Schiras einen perlenden, köstlichen Wein holen, der vor der Geburt des Mahomed eingekellert worden war. In kleinen, in die Felsen eingehauenen Öfen buk man Milchbrote, die Nuronihar selber mit ihren zarten Händen knetete, was ihnen bei Vathek einen solchen Wohlgeschmack gab, daß er darüber alle Ragouts vergaß, die ihm je seine andern Frauen gemacht hatten; auch starben diese armen Verlassenen fast vor Kummer beim Emir.

Die Sultana Dilara, die bisher die Favoritin gewesen war, nahm sich diese Vernachlässigung ihrem Temperamente entsprechend sehr zu Herzen. Als sie noch in Gunst stand, wurde sie nach und nach ganz erfüllt von Vatheks extravaganten Ideen und brannte darnach, die Gräber von Istakhar zu sehen und den Palast mit den vierzig Säulen; da sie im übrigen unter den Magiern aufgewachsen war, freute es sie, den Kalifen zum Feuerkultus geneigt zu sehen: deshalb betrübte sie das wollüstige und verräterische Leben, das er mit ihrer Rivalin führte, doppelt. Schon die plötzliche Frömmigkeit Vatheks hatte sie sehr alarmiert; aber das mit Nuronihar war noch schlimmer. Und so beschloß sie, der Prinzessin Carathis zu schreiben und ihr mitzuteilen, daß alles schief ginge, daß man die Bedingungen des Pergaments völlig mißachtet habe, daß man gegessen habe und geschlafen und Feste gefeiert bei einem alten Emir, dessen Heiligkeit außer Zweifel stünde und daß man überhaupt nicht die geringste Aussicht auf die Schätze der voradamitischen Sultane habe. Dieser Brief wurde zwei Holzknechten übergeben, die in einem der großen Wälder des Gebirges Holz schlugen und welche die kürzesten Wege kannten, so daß sie in zehn Tagen in Samarah eintrafen.

Die Prinzessin Carathis spielte gerade Schach mit Morakanabad, als die Boten ankamen. Seit einigen Wochen hatte sie die hohen Regionen des Turmes aufgegeben, weil ihr unter den Sternen alles in Konfusion geraten schien, wenn sie sie um ihren Sohn befragte. Sie konnte ihre Rauchopfer machen, sich über die Dächer legen, in der Hoffnung, mystische Träume zu haben – sie träumte nur von Brokatstücken, von Blumen und derlei nichtigem Zeug. Alles das verursachte ihr eine solche Niedergeschlagenheit, daß sie keine der Droguen davon befreien konnte, die sie sich selber zusammenstellte, und ihr letzter Trost war Morakanabad, der gute Mann voll ehrlichen Vertrauens, der aber in ihrer Gesellschaft sich keineswegs auf Rosen gebettet fühlte.

Da niemand etwas über Vathek wußte, so gingen tausend lächerliche Geschichten über ihn um. Man begreift demnach, mit welcher Lebhaftigkeit Carathis den Brief erbrach und wie groß ihre Wut war, als sie daraus das niederträchtige Benehmen ihres Sohnes erfuhr. – „Ah! Ah!“ schrie sie, „entweder geh ich zugrunde oder er dringt in den unterirdischen Palast; ich will in den Flammen sterben, wenn nur Vathek auf dem Throne Suleïmans sitzt!“ Und während sie das sagte, tanzte und drehte sie sich so zauberhaft und grausig, daß Morakanabad vor Entsetzen ganz elend wurde. Dann befahl sie, daß man ihr ihr großes Kamel Alboufaki sattle und die häßliche Narkes und die ganz gefühllose Cafour kommen lasse. „Ich will keine andere Begleitung“, sagte sie zum Vessir; „ich reise in dringenden Geschäften und brauche keine Parade; du wirst dich um das Volk kümmern; rupfe es ordentlich in meiner Abwesenheit, denn wir geben viel Geld aus und man weiß nicht, was kommen kann.“

Die Nacht war sehr schwarz und über die Ebene von Catul blies ein ungesunder Wind, der jeden Reisenden zurückgeschreckt haben würde, wie dringend er es auch gehabt haben müßte; aber Carathis gefiel alles, was düster und verhängnisvoll aussah. Auch Narkes dachte so und Cafour fand einen ganz besonderen Geschmack an aller Pestilenz. Am andern Morgen hielt diese vorzügliche Karawane, von den beiden Holzfällern geführt, am Rande eines großen Sumpfes, aus dem tödliche Dämpfe stiegen, die jedes andere Tier getötet haben würden, nicht aber Alboufaki, das ganz natürlich und mit großem Vergnügen diese schlimmen Gerüche einsog. Die beiden Bauern flehten die Damen an, an diesem Orte nicht zu schlafen.

„Schlafen?“ rief Carathis, „ich schlafe nur, um Gesichte zu haben, und was mein Gefolge anlangt, so haben sie keine Zeit, das eine Auge zu schließen, das sie haben.“ Die zwei armen Teufel fingen an, sich nicht allzuwohl in dieser Gesellschaft zu fühlen und standen da mit offenem Maule.

Carathis stieg ab, ebenso die beiden Negerinnen, die sie hinter sich sitzen hatte; und nachdem sie sich bis auf Hemden und Strümpfe ausgezogen hatten, liefen sie bei der Mittagshitze nach giftigen Kräutern, deren es genug am Rande des Sumpfes gab. Dieser Vorrat wurde für die Familie des Emir gesammelt und für alle die, welche der Reise nach Istakhar das geringste in den Weg legen würden. Die Holzknechte starben vor Angst, als sie diese drei schrecklichen Gestalten so herumlaufen sahen und machten sich auch aus der Gesellschaft Alboufakis nur wenig. Und es wurde noch schlimmer, als Carathis ihnen befahl, sich wieder auf den Weg zu machen, obschon es gerade Mittag und eine Hitze war, daß die Steine rauchten. Die zwei mochten sagen was sie wollten, sie mußten gehorchen.

Alboufaki, der die Einsamkeit sehr liebte, grunzte jedesmal, so oft man an eine kleinste Behausung kam, und Carathis, die ihn auf ihre Weise liebte, machte deshalb da nie Aufenthalt. So geschah es, daß die beiden Holzbauern unterwegs auch nicht die geringste Nahrung zu sich nehmen konnten. Die Rehe und die Schafe, die ihnen die Vorsehung zu schicken schien, und deren Milch sie wohl etwas hätte erfrischen können, entflohen beim Anblick des häßlichen Tieres und seiner seltsamen Bürde. Was Carathis betrifft, so brauchte sie die gewöhnliche menschliche Nahrung nicht, denn sie hatte vor langem ein Opiat erfunden, das ihr genügte und von dem sie auch ihren geliebten Stummen gab.

Bei einbrechender Nacht stampfte Alboufaki auf die Erde und blieb mit einem Ruck stehen. Carathis kannte seine Allüren und wußte, daß man in der Nähe eines Kirchhofes sich befinden mußte. Und wirklich: der Mond warf sein fahles Licht, bei dem man eine lange Mauer sah mit einer halboffenen Tür, die so hoch war, daß Alboufaki durchschreiten konnte. Die armen Führer sahen sich am Ende ihrer Tage und baten Carathis, sie doch da zu beerdigen, weil sie hier gerade eine gute Gelegenheit dazu habe, und hauchten ihre Seele aus. Narkes und Cafour machten sich über die Dummheit dieser Leute lustig, fanden den Anblick des Kirchhofes ganz nach ihrem Geschmack und die Grabstätten recht annehmlich; es waren deren wenigstens zweitausend auf dem Abhang eines Hügels. Carathis war zu sehr mit ihren eigenen hohen Gedankenflügen beschäftigt, um sich mit dem Anblick allein zu begnügen, so angenehm er auch für ihr Auge war; sie beschloß, Nutzen aus der Situation zu ziehen.

„Sicherlich ist ein so schöner Friedhof von den Goulen heimgesucht", sprach sie, „und diese Wesen sind sehr intelligent; da ich meine blöden Führer aus Unachtsamkeit habe sterben lassen, so werde ich die Goulen nach meinem Weg fragen, und um sie dafür zu gewinnen, lade ich sie zu einem Mahle an diesen frischen Leichnamen." Nach diesem recht gescheuten Monolog sprach sie mit den Fingern zu Narkes und Cafour, sagte ihnen, sie sollen an den Gräbern klopfen.

Die Negerinnen waren sehr erfreut über diesen Befehl, da sie sich viel Vergnügen von der Gesellschaft der Goulen versprachen. Sie gingen mit

Siegermienen und schlugen ganz glücklich tok-tok gegen die Gräber. Je stärker sie klopften, desto lauter hörte man einen dumpfen Lärm unter der Erde, der Sand fing an sich zu bewegen, und die Goulen kamen, angezogen von dem frischen Leichengeruch, von allen Seiten herbei, mit der Nase in der Luft. Alle begaben sich zu einem weißen Marmorsarkophag, auf dem Carathis zwischen den beiden Leichen ihrer unglücklichen Führer saß. Die Prinzessin empfing ihre Gäste mit vornehmer Höflichkeit, und nachdem gespeist war, sprach man von Geschäften. Sie erfuhr bald, was sie zu wissen verlangte, und ohne Zeitverlust wollte sie sich wieder auf den Weg machen; die Negerinnen, die bereits zärtliche Verhältnisse mit den Goulen angefangen hatten, baten sie mit allen ihren Fingern, doch wenigstens bis zur Morgenröte zu verweilen; aber Carathis, die die Tugend selber war und ein geschworener Feind aller verliebten Geschichten, war unerbittlich; sie stieg auf Alboufaki und befahl ihnen, so schnell wie möglich aufzusitzen. Vier Tage und vier Nächte verfolgte sie ihren Weg ohne Aufenthalt. Am fünften kam sie durch die Berge und die halbverbrannten Wälder und am sechsten hielt sie vor den schönen spanischen Wänden, die allen Augen die wollüstigen Verirrungen ihres Sohnes verbargen.

Es war ganz früher Morgen. Die Wächter schnarchten auf ihren Posten in größter Sicherheit; aber der starke Trott Alboufakis weckte sie auf; sie glaubten Geister aus dem schwarzen Abgrund zu erblicken und flohen ohne jedes weitere Zeremoniell. Vathek war mit Nuronihar im Bade; er lachte über Geschichten und über Bababaluk, der sie erzählte. Durch das Geschrei seiner Wächter alarmiert, sprang er aus dem Wasser; aber er ging schnell wieder hinein, als er Carathis sah. Sie kam daher mit ihren Negerinnen und noch immer auf Alboufaki und riß die Musseline und feinen Portieren des Pavillons in Fetzen. Bei dieser unerwarteten Erscheinung glaubte Nuronihar, die nie ganz frei von Gewissensbissen war, daß nun die himmlische Rache gekommen sei, und in verliebter Angst schmiegte sie sich an den Kalifen. Bei diesem Anblick schäumte Carathis vor Wut, und ohne von ihrem Kamel herunter zu steigen, brach sie los: „Monstrum mit zwei Köpfen und vier Beinen, was bedeutet dieses

Ineinanderwickeln und -winden? Schämst du dich nicht, dies Kind da zu umfassen, statt der Scepter der voradamitischen Sultane? Wegen dieser Gans hast du wie ein Narr dich gegen alle Bedingungen des Giaur vergangen? Mit ihr vergeudest du die wertvolle Zeit? Ist das die Frucht all der schönen Wissenschaften, die ich dir beigebracht habe? Ist das das Ziel deiner Reise? Entreiße dich den Armen dieser albernen Person, ersäufe sie im Wasser und folge mir!"

In der ersten Wut hatte Vathek große Lust, Alboufaki den Bauch aufzuschlitzen und ihn mit den Negerinnen und Carathis mit inbegriffen zu füllen; aber der Gedanke an den Giaur, den Palast von Istakhar, die Säbel und die Talismane traf ihn wie ein Blitz. Er sagte also zu seiner Mutter in einem höflichen aber bestimmten Ton: „Furchtbare Dame, ich werde gehorchen, aber ich werde Nuronihar nicht ertränken. Sie ist süßer als der eingemachte Myrabolan, und sie liebt die Karfunkel sehr und besonders den des Giamschid, den man ihr versprochen hat; sie wird mit uns kommen, denn ich verlange, daß sie neben mir auf den Kanapees des Suleïman ruht; ich kann ohne sie nicht mehr schlafen".

„Das ist ja eine nette Geschichte", sagte darauf Carathis und stieg von Alboufaki herunter, den sie den Negerinnen überließ. Nuronihar, die ihre Beute die ganze Zeit über nicht losgelassen hatte, erholte sich etwas und sagte zärtlich zum Kalifen: „Lieber Gebieter meines Herzens, ich will dir überallhin folgen und wenn es bis über Kaf hinaus ins Land der Afriten sein muß; ich werde mich nicht fürchten, für dich bis ins Nest der Simurge zu klettern, die, Madame ausgenommen, das respektabelste Wesen ist, das je geschaffen wurde".

„Das", sagte Carathis, „ist ein junges Mädchen, das Mut hat und Kenntnisse."

Nuronihar hatte diese beide auch ohne Zweifel; aber trotz all ihrer Entschlossenheit konnte sie sich nicht helfen, hie und da an die Lieblichkeit des kleinen Gulchenruz zu denken und an die zärtlichen Tage, die sie mit ihm verbracht hatte; ein paar Tränen kamen ihr in die

Augen, und die entgingen dem Kalifen nicht. Sie sagte sogar ganz laut und sehr unüberlegt: „Ach! mein süßer Cousin, was wird aus ihm werden!“

Bei diesen Worten bekam der Kalif Falten auf der Stirn, und Carathis rief: „Was bedeuten diese Grimassen, was hat sie gesagt?“

Der Kalif antwortete: „Sie seufzt sehr unpassend über einen kleinen Knaben mit schmachtendem Blick und zartem Haarschopf, der sie liebte“.

„Wo ist er?“ fragte Carathis, „ich muß diesen schönen Knaben kennen lernen, denn“ – und das sagte sie etwas leiser und mehr für sich – „ich habe die Absicht, vor dem Weggehen mich bei dem Giaur in Gunst zu setzen, und es wird für ihn nichts appetitlicheres geben, als das Herz eines zarten Kindes, das die ersten Regungen der Liebe spürt.“

Der Kalif stieg aus dem Bade und gab Bababaluk Befehl, alle seine Truppen zu sammeln, die Frauen und andern Möbel seines Serails und überhaupt alles herzurichten, um in drei Tagen aufzubrechen. Carathis zog sich allein in ein Zelt zurück, wo sie der Giaur mit ermutigenden Gesichten erfreute. Als sie erwachte, sah sie zu ihren Füßen Narkes und Cafour, die durch Zeichen ihr zu verstehen gaben, daß sie, als sie Alboufaki an das Ufer eines kleinen Sees führten, um ihn dort in einem grauen, genügend giftigen Moor weiden zu lassen, kleine bläuliche Fische sahen, genau wie die in dem Bassin auf der Höhe des Turmes von Samarah.

„Ich will sofort hin“, sagte Carathis; „mittels einer kleinen Operation kann ich diese Fische zum Orakel machen und sie werden mir viele Dinge erklären und mir zeigen, wo dieser Gulchenruz ist, den ich durchaus umbringen will.“ Und alsbald ging sie mit ihrer schwarzen Begleitung davon.

Wenn man was Schlechtes vorhat, tut man es schnell: Carathis und die Negerinnen waren bald am See. Sie verbrannten magische Kräuter, mit denen sie immer versehen waren, und nachdem sie sich diesmal ganz nackt ausgezogen hatten, stiegen sie bis an den Hals ins Wasser. Narkes und Cafour schwenkten brennende Fackeln, während Carathis fremde Worte sprach. Sofort streckten alle Fische die Köpfe aus dem Wasser, das sie mit ihren Schwimmflossen heftig bewegten; und durch die Macht des Zaubers gezwungen, öffneten sie ihre kläglichen Mäuler und redeten alle zugleich: „Wir sind Euch ergeben vom Kopf bis zum Schwanz, was wollt Ihr von uns?“

„Fische“, sprach Carathis, „ich beschwöre euch bei euern glänzenden Schuppen, mir zu sagen, wo der kleine Gulchenruz ist?“

„Auf der andern Seite des Felsens, Madame“, antworteten alle Fische im Chor; „sind Sie jetzt zufrieden? Wir sind es gar nicht, wenn wir den Mund an der Luft so lang offen halten müssen.“

„Ja“, sagte die Prinzessin, „ich sehe schon, daß ihr nicht an lange Unterhaltungen gewöhnt seid und ich will euch in Ruhe lassen, obschon ich euch noch manches zu fragen hätte.“ Daraufhin wurde das Wasser wieder ruhig und die Fische verschwanden.

Ganz erfüllt vom Gifte ihrer Projekte erstieg Carathis sofort den Felsen und sah unter einer Blätterlaube den lieben Gulchenruz, der schlief, während die beiden Zwerge bei ihm wachten und ihre Gebete hermurmelten. Die kleinen Herrschaften besaßen die Gabe, es zu ahnen, wenn ein Feind der guten Muselmanen sich näherte; also spürten sie auch Carathis kommen, die stehen blieb und zu sich sagte: „Wie er den Kopf zärtlich niedersinken läßt! Das ist gerade das Kind, das ich brauche“. Die Zwerge unterbrachen diesen hübschen Monolog, indem sie sich auf sie stürzten und sie aus Leibeskräften zerkratzten. Narkes und Cafour ergriffen ebenso schnell die Verteidigung ihrer Herrin und zwickten die Zwerge so heftig, daß sie darüber den Geist aufgaben, Mahomed bittend, daß er Rache nehme an dieser bösen Frau und ihrer ganzen Familie.

Bei dem ungewohnten Lärm in diesem stillen Tale erwachte Gulchenruz, tat einen wilden Sprung, kletterte auf einen Feigenbaum, gelangte von da auf die Spitze des Felsens und lief was er konnte; schließlich fiel er wie tot in die Arme eines guten alten Geistes, der die Kinder liebt und sich ausschließlich mit ihrem Schutze beschäftigt. Dieser Geist machte die Runde in den Lüften und war auf den grausamen Giaur herabgeschossen, als er gerade in seiner gräßlichen Kluft vor sich hinbrummte, und hatte ihm die fünfzig kleinen Knaben entrissen, die Vathek ihm so ruchlos opferte. Er erzog diese interessanten Geschöpfe in Nestern über den Wolken und bewohnte selber ein Nest, größer als alle andern zusammen, aus dem er die Rokvögel vertrieb, die es gebaut hatten.

Diese sicheren Asyle waren gegen die Diven und Afriten durch flatternde Bandstreifen geschützt, auf denen mit Goldbuchstaben glänzend wie Blitze die Namen Allahs und des Propheten geschrieben waren.

Da Gulchenruz noch nicht über seinen angeblichen Tod aufgeklärt war, glaubte er sich da in der Wohnung des ewigen Friedens. Er duldete furchtlos die Liebkosungen seiner kleinen Freunde, die sich alle im Neste des ehrwürdigen Geistes versammelt hatten und nach Herzenslust die Stirne und die schönen Augenbrauen ihres neuen Kameraden küßten. Hier, weit fern von allen Plackereien der Erde, den Neckereien des Harem, der Brutalität der Eunuchen und der Unbeständigkeit der Frauen, fand er, sei sein rechter Platz. Glücklich wie auch seinen Gefährten verflossen ihm die Tage, Monate und Jahre in dieser friedlichen Gesellschaft; denn der Geist beschenkte diese Kinder mit der ewigen Kindheit, statt sie mit vergänglichen Reichtümern zu überhäufen und gleichgültigen Kenntnissen.

Carathis, die es gar nicht gewöhnt war, daß ihr eine Beute entgehe, geriet in einen entsetzlichen Zorn gegen ihre Negerinnen, denen sie vorwarf, das Kind nicht sofort ergriffen, sondern sich damit amüsiert zu haben, die kleinen, ganz gleichgültigen Zwerge zu Tode zu kneifen. Schimpfend kehrte sie in das Tal zurück und als sie ihren Sohn noch immer neben seiner Schönen liegen fand, ließ sie ihre üble Laune an ihm und Nuronihar aus; aber schließlich tröstete sie sich bei dem Gedanken, am folgenden Tage nach Istakhar aufzubrechen und die Bekanntschaft mit Eblis selber zu machen, dank der Vermittlung des Giaur.

Aber das Schicksal hatte anders bestimmt.

Am Abend, da die Prinzessin sich gerade mit Dilara unterhielt, die sie hatte zu sich kommen lassen und die sehr nach ihrem Geschmack war, meldete Bababaluk, daß der Himmel über Samarah ganz rot wäre und ihm etwas schreckliches zu künden schiene. Sofort nahm Carathis ihre Astrolabien und magischen Instrumente, maß die Planetenhöhe, rechnete und sah zu ihrem großen Mißfallen, daß es in Samarah einen beträchtlichen Aufstand gebe; daß Motavakel, die Unbeliebtheit seines Bruders ausnützend, das Volk aufgehetzt und sich des Palastes bemächtigt hatte und den großen Turm belagerte, in dem Morakanabad mit einer kleinen Schar Getreuer sich zurückgezogen hatte.

„Was?“ schrie sie, „ich soll meinen Turm verlieren? Meine Stummen, meine Negerinnen, meine Mumien und besonders mein Arbeitszimmer, das mich so viele schlaflose Nächte gekostet hat, und das alles ohne zu wissen, ob mein Idiot von Sohn an das Ziel seines Unternehmens kommt? Nein, ich will nicht die Düpierte sein und reise auf der Stelle ab, um Morakanabad mit meinen Künsten zu helfen und auf die Verschwörer glühende Nägel und altes Eisen regnen zu lassen; ich öffne meine Magazine mit den Schlangen und Skorpionen, die der Hunger wütend gemacht hat, und man wird sehen, ob man gegen solche Angreifer Stand hält.“ Carathis eilte zu ihrem Sohne, der ganz ruhig mit Nuronihar in dem schönen fleischfarbenen Pavillon bankettierte.

„Vielfraß, der du bist“, schrie sie; „ohne meine Wachsamkeit wärst du bald nichts mehr als Kommandant über Torten; dein Volk hat dir den Treueschwur gebrochen; Motavakel, dein Bruder, regiert jetzt auf dem Hügel der gescheckten Pferde; und wenn ich nicht einige Hilfe in unserem Turme hätte, wärst du schon erledigt. Aber um keine Zeit zu verlieren, sage ich dir nur vier Worte: brich deine Zelte ab, reise noch diesen Abend, und halte dich unterwegs nirgends mit Kindereien auf. Wenn du auch schon dich gegen die Vorschriften des Pergaments verfehlt hast, so bleibt mir doch noch einige Hoffnung; denn man muß zugeben, daß du die Gastfreundschaft ganz hübsch verletzt hast, da du die Tochter des Emir verführtest, nachdem du sein Brot und sein Salz aßest. Solche Manieren allein können dem Giaur gefallen; und wenn du unterwegs noch irgend ein kleines Verbrechen begehst, so wird noch alles gut werden, und du wirst im Triumph in den Palast des Suleïman einziehen. Adieu! Alboufaki und meine Negerinnen warten auf mich an der Türe.“

Der Kalif sagte auf das alles kein Wort; er wünschte seiner Mutter nur eine glückliche Reise und beendete sein Abendessen. Um Mitternacht schrak er bei Fanfaren- und Trompetenstößen auf; aber man mochte posaunen und trompeten was man wollte, man konnte es nicht hindern, daß man das Geschrei des Emir und seiner Graubärte vernahm, welch letzte vor lauter Weinen blind geworden waren und kein Haar auf dem Kopfe mehr übrig hatten. Nuronihar war diese Musik sehr schmerzhaft, und sie war froh, als sie sie nicht mehr hören mußte. Sie lag mit dem Kalifen in der kaiserlichen Sänfte und sie amüsierten sich damit, sich alle die Herrlichkeiten vorzustellen, die sie bald umgeben würden. Die übrigen Frauen waren recht traurig in ihren Käfigen, und nur Dilara faßte sich in Geduld, indem sie daran dachte, daß sie nun bald den Feuerkultus auf den heiligen Terrassen von Istakhar sich ansehen würde.

Nach vier Tagen kam man in das lachende Tal von Roknabad. Der Frühling war da in seiner ganzen Fülle, und die grotesken Äste der vollblühenden Mandelbäume standen gegen den Azur eines leuchtenden Himmels. Der Erde, die ganz bedeckt war mit Hyazinthen und Primeln, entströmte ein süßer Duft; Tausende von Bienen und fast ebensoviele Santone, was heilige Mönche sind, hatten hier ihren Wohnplatz. Bienenstöcke und Gebetzellen standen in wechselnder Reihe am Ufer des Flusses und hoben sich sehr sauber und weiß von dem braunen Grün hoher Zypressen ab. Die frommen Einsiedler unterhielten sich damit, kleine Gärten zu bauen, die mit Früchten angefüllt waren, besonders von duftenden Melonen, den besten in ganz Persien. Da und dort sah man einen Mönch auf der Wiese, der schneeweiße Pfauen fütterte oder bläuliche Turteltauben. Damit waren sie also beschäftigt, als die Vorreiter des kaiserlichen Zuges mit lauter Stimme riefen: „Einwohner von Roknabad, werft euch an den Ufern eurer stillen Quellen nieder und gebet Gott Dank, der euch einen Strahl seiner Glorie zeigt: denn hier naht der Herrscher der Gläubigen“.

Die armen Santone beeilten sich, voll heiligen Eifers Kerzen in allen Gebetzellen anzuzünden, schlugen ihre Alkorane auf den ebenholzenen Pulten auf und gingen dann dem Kalifen entgegen, mit kleinen Körben voll Feigen, Honig und Melonen. Während sie so in einer Prozession zu zwei und zwei herankamen, machten die Pferde, Kamele und Garden eine große Verwüstung unter den Tulpen und den andern Blumen des Tales. Die Santone konnten sich nicht enthalten, das eine Auge mitleidvoll auf diesen Jammer zu werfen, während sie mit dem andern ehrfurchtsvoll den Kalifen und den Himmel anschauten. Nuronihar war ganz entzückt von diesem schönen Ort, der sie an ihre frohe Jugend erinnerte, und bat Vathek zu halten; aber der Fürst dachte, der Giaur könnte vielleicht die kleinen Gebetshütten für Wohnstätten ansehen, und so befahl er seinen Pionieren, sie niederzuhauen. Die Santone wurden zu Stein während der Ausführung dieser barbarischen Weisung, und weinten heiße Tränen, woraufhin Vathek sie von seinen Eunuchen mit Fußtritten wegjagen ließ. Dann stieg er mit Nuronihar aus der Sänfte, und sie gingen im Tal spazieren, pflückten Blumen und sagten sich kleine Zötchen. Aber die gut muselmanischen Bienen glaubten ihre verehrten Herren rächen zu müssen und fingen die beiden so entsetzlich an zu stechen, daß sie nur zu froh waren, in ihre bereits aufgerichteten Zelte zu kommen.

Bababaluk, dem die Wohlbeleibtheit der Pfaue und Turteltauben nicht entgangen war, ließ sofort einige Dutzend davon an den Spieß stecken und ebensoviele frikassieren. Man aß, trank, lachte, lästerte nach Herzenslust, als sämtliche Mullahs, alle Scheiks, alle Kadis und alle Imame von Schiraz dahergezogen kamen, die anscheinend noch nie Santone gesehen hatten, auf Eseln, geschmückt mit Blumenkränzen, Bändern und silbernen Glöckchen und schwer beladen mit dem Besten ihres Landes. Sie boten dem Kalifen ihre Gaben und baten ihn, ihre Stadt und ihre Moscheen mit seiner Gegenwart zu beehren.

„Ich werde mich hüten“, rief Vathek; „eure Geschenke nehme ich und bitte euch, mich mit eurer Einladung in Ruhe zu lassen, denn ich hab es nicht gern, der Versuchung zu widerstehen; aber da es sich nicht schickt, daß so würdige Leute wie ihr zu Fuß zurückkehren und ihr auch ausseht, als ob ihr recht schlechte Reiter wäret, so werden meine Eunuchen die Vorsicht brauchen, euch auf euern Eseln festzubinden und werden besonders darauf achten, daß ihr mir nicht den Rücken kehrt, denn sie kennen die Etikette." Es waren darunter recht lebhafte Scheiks, die glaubten, Vathek wäre verrückt, und diese ihre Meinung auch ganz laut aussprachen. Bababaluk band die werten Herren also mit doppelten Stricken und indem er die Esel mit Stacheln anpeitschte, schlugen sie mit ihren Reitern einen hellen Galopp ein; auf und davon gings, wiehernd, springend, schreiend – es war sehr amüsant. Nuronihar und der Kalif freuten sich beide höchlichst über dieses unwürdige Schauspiel; sie lachten laut auf, wenn die Greise in all ihrem Staat in den Bach fielen, und die einen hinkend, andere mit verstauchtem Arm, andere mit zerbrochenem Kiefer oder schlimmeres noch hinterdrein humpelten.

Man verbrachte so zwei herrliche Tage in Roknabad, ohne durch neue Ambassaden belästigt zu werden. Am dritten Tage machte man sich wieder auf den Weg; man ließ Schiraz zur Rechten und gewann eine große Ebene, von der aus man am fernen Rande des Horizontes die schwarzen Gipfel der Berge von Istakhar erblickte.

Bei diesem Anblick konnten der Kalif und Nuronihar die Freude nicht zurückhalten; sie sprangen aus der Sänfte und taten Jubelschreie, die alle in Erstaunen setzten, die sie hören konnten.

„Gehen wir in die Paläste, die von Licht erstrahlen", fragten sie sich gegenseitig, „oder in die Gärten, noch herrlicher als die von Scheddad?" Die armen Sterblichen ergingen sich so in Vermutungen, und der Abgrund der Geheimnisse des Allmächtigen war ihnen verborgen.

Die guten Genien aber, die noch etwas über das Leben Vatheks vermochten, begaben sich in den siebten Himmel zu Mahomed und sprachen zu ihm: „Barmherziger Prophet, reiche deinen versöhnenden Arm deinem Statthalter auf Erden, oder er fällt ohne Gnade in die Fallen, die ihm die Diven, unsere Feinde, gestellt haben. Der Giaur erwartet ihn in dem schrecklichen Palast des unterirdischen Feuers; wenn er den Fuß hineinsetzt, ist er auf immer verloren."

Mahomed antwortete entrüstet: „Er hat es nur zu sehr verdient, sich selbst überlassen zu bleiben. Immerhin erlaube ich, daß ihr noch einen Versuch macht, ihn von seinem Unternehmen abzubringen."

Sofort nahm ein Genius die Gestalt eines Schäfers an, der wegen seiner Frömmigkeit berühmter war als alle Derwische und Santone des Landes; er ließ sich auf den Rand eines Hügels nahe einer Herde weißer Schafe nieder und begann auf einem unbekannten Instrument eine Musik zu spielen, deren rührende Melodie zur Seele drang, das Gewissen erweckte und jeden frivolen Gedanken verscheuchte. Bei diesen lebhaften Tönen bedeckte sich die Sonne mit dunkeln Wolken und das Wasser eines kleinen Sees, so klar wie Kristall, wurde so rot wie Blut. Der ganze pompöse Zug des Kalifen wurde wie gegen seinen Willen zu dem Hügel hingezogen; alle schlugen voll Verwirrung die Augen nieder und jeder warf sich das Unrecht vor, das er begangen hatte; Dilara schlug das Herz, und das Oberhaupt der Eunuchen bat ganz zerknirscht die Haremsdamen um Verzeihung, daß er sie oft zu eigenem Vergnügen gequält hatte.

Vathek und Nuronihar erbleichten in ihrer Sänfte und schauten einander mit erschreckten Augen an, und klagten sich an, der eine tausend schwärzester Verbrechen und tausend schlechter Begehrungen, die andere der Verzweiflung ihrer Familie und des Verlustes Gulchenruz'. Nuronihar glaubte in dieser verhängnisvollen Minute die Stimme ihres sterbenden Vaters zu hören und Vathek das Schluchzen der fünfzig Kinder, die er dem Giaur geopfert hatte. In ihren Ängsten wurden sie immer mehr zu dem blasenden Schäfer hingezogen. Sein Antlitz hatte etwas so imponierendes, daß Vathek zum ersten Male in seinem Leben alle Fassung verlor, während Nuronihar ihr Gesicht mit den Händen bedeckte. Die Musik hörte auf, und der Schäfer richtete das Wort an den Kalifen und sprach: „Unsinniger Fürst, dem die Vorsehung die Sorge um die Völker anvertraut hat! So erfüllst du deine Mission? Du hast Verbrechen auf Verbrechen gehäuft. Eilst du nun deiner Strafe entgegen? Du weißt, daß jenseits dieser Berge Eblis und seine verdammten Diven ihr höllisches Reich haben, und von einem boshaften Gespenst verleitet gehst du hin, dich ihnen auszuliefern! Das ist der letzte Augenblick der Gnade, der dir gewährt ist; gib dein schreckliches Beginnen auf, kehre um, gib Nuronihar ihrem Vater zurück, der kaum mehr lebt, zerstöre den Turm samt seinen Scheußlichkeiten, jage Carathis aus deinem Rate, sei gerecht gegen deine Untertanen, respektiere die Diener des Propheten und mach deine Ruchlosigkeiten durch musterhaftes Benehmen wieder gut; und statt deine Tage in Wollust zu verbringen, gehe hin und weine über deine Verbrechen auf den Gräbern deiner frommen Vorfahren! Siehst du die Wolken, die dir die Sonne verbergen? Im Augenblick, da das Gestirn wieder strahlend erscheint und dein Herz sich nicht gewendet hat, wird die Stunde der Barmherzigkeit für dich verloren sein."

Vathek war, von Furcht ergriffen und schwankend, schon bereit, sich vor dem Schäfer niederzuwerfen, von dem er fühlte, daß er höherer Art war als der Mensch. Aber da packte ihn wieder sein Stolz, und indem er hochmütig den Kopf zurückwarf, schleuderte er auf den Schäfer einen seiner schrecklichen Blicke.

„Wer du auch sein magst, hör auf, mir unnütze Ratschläge zu geben. Entweder willst du mich betrügen oder du betrügst dich selbst: denn wenn alles, was ich getan habe, wirklich so verbrecherisch ist wie du behauptest, so gibt es für mich keinen Augenblick der Gnade. Ich habe in einem Meer von Blut gewatet, um zu einer Macht zu gelangen, die dich und deinesgleichen zittern machen wird; bilde dir also nicht ein, daß ich beim Anblick des Zieles zurückweiche, noch daß ich die verlasse, die mir lieber ist als mein Leben und deine Barmherzigkeit. Möge die Sonne wieder hervorkommen, daß sie meine Bahn bescheine, wo immer sie auch ende!"

Mit diesen Worten, die selbst den Genius erzittern machten, warf sich Vathek in die Arme Nuronihars und befahl, die Pferde anzutreiben, daß man wieder auf die Heerstraße käme.

Man hatte keine Mühe, diesem Befehle nachzukommen: die geheimnisvolle Anziehung existierte nicht mehr, und die Sonne hatte den vollen Glanz ihres Lichts wieder bekommen; der Schäfer verschwand mit einem schmerzlichen Aufschrei. Der fatale Eindruck der Musik des

Schäfers war aber doch in den Herzen der meisten von Vatheks Leuten zurückgeblieben; sie schauten einander mit Entsetzen an und als die Nacht hereinbrach, flohen fast alle und es blieben von dem ganzen großen Gefolge nur noch das Oberhaupt der Eunuchen übrig, ein paar blöde Sklaven, Dilara und eine ganz kleine Zahl von den andern Frauen, die wie sie der Religion der Magier angehörten.

Der Kauf, den der Ehrgeiz verzehrte, den unterirdischen Wesen Gesetze zu geben, machte sich wenig aus diesem Davonlaufen. Das kochende Blut hinderte ihn am Schlaf und er übernachtete nicht mehr wie sonst. Nuronihar, deren Ungeduld die seine wenn möglich noch übertraf, trieb ihn zur Eile und gab ihm, um ihn zu zerstreuen, tausend Zärtlichkeiten. Sie glaubte sich schon mächtiger als Balkis selber und sah schon die Genien vor ihrem Throne knien. Also erreichten sie bei Aufgang des Mondes den Blick auf zwei ragende Felsen, die wie ein Portal den Eingang zu dem Tale bildeten, dessen anderes Ende von den weitläufigen Ruinen Istakhars geschlossen wurde. Unter dem Gipfel des Berges sah man das Mauerwerk mehrerer Königsgräber, die die Schatten der Dunkelheit noch grauenvoller erscheinen ließen. Man kam durch zwei kleine Dörfer, die fast ganz verlassen waren; ein paar schwache Greise waren noch übrig geblieben, die, als sie die Pferde und Sänften sahen, auf die Kniee fielen und ausriefen: „Himmel! sind das wieder solche Gespenster, wie sie uns seit sechs Monaten quälen? Ach, all die Unseren haben uns aus Angst vor diesen unheimlichen Erscheinungen und über dem Lärm, den man unter den Bergen hört, der Gnade der bösen Geister überlassen!“

Diese Klagen schienen dem Kalifen von schlechter Vorbedeutung. Er ließ seine Pferde über die Leiber der armen Greise wegschreiten und kam an die große Terrasse aus schwarzem Marmor. Da stieg er mit Nuronihar aus der Sänfte. Klopfenden Herzens und mit verlorenen Blicken auf die Dinge um sich warteten sie mit unwillkürlichem Zittern auf die Ankunft des Giaur; aber noch nichts kündete ihn an. Eine Grabesstille lag schwer in der Luft und auf dem Gebirge. Der Mond warf auf die große Plattform die Schatten der hohen Säulen, die von der Terrasse fast bis in die Wolken ragten, zahllos waren und kein Dach trugen. Ihre Kapitale, deren unbekannte Architektur die Geschichte nicht verzeichnet, dienten den Nachtvögeln zum Unterschlupf, die nun vor den vielen Menschen krächzend davonflogen.

Der Häuptling der Eunuchen war ganz weg vor Angst und bat Vathek, zu erlauben, daß man ein Feuer anzünde und etwas esse.

„Nein, nein“, antwortete der Kalif, „jetzt ist keine Zeit, an dergleichen zu denken; bleib wo du bist, und erwarte meine Befehle.“

Und er gab Nuronihar die Hand und ging mit ihr die Stufen einer breiten Treppe hinauf zu einer Terrasse, die mit Marmortafeln gepflastert war und so einem spiegelglatten See glich; kein Halm konnte zwischen den Fliesen sprießen. Zur Rechten waren die Säulen in einer Reihe vor den Ruinen eines ungeheuren Palastes, dessen Mauern mit verschiedenartigen Gesichtern bedeckt waren; vorne ruhten die gigantischen Statuen von vier Tieren, die etwas vom Greif und vom Leoparden hatten und Entsetzen einflößten; nicht weit davon sah man beim Mondlicht, das besonders hierher schien, Schriftzeichen ähnlich jenen auf den Säbeln des Giaur; sie hatten die gleiche Eigenschaft, sich jeden Augenblick zu verändern; einmal wurden sie zu arabischen Buchstaben, und der Kalif las diese Worte: „Vathek, du hast die Bedingungen meines Pergamentes nicht erfüllt; du verdientest zurückgeschickt zu werden; aber um deiner Gefährtin willen und um all das, was du getan hast, sie zu erlangen, erlaubt Eblis, daß man dir das Tor seines Palastes öffnet und daß dich das unterirdische Feuer zu seinen Anbetern zählt.“

Kaum hatte er diese Worte gelesen, als der Berg, gegen den die Terrasse angebaut war, erbebte und die Säulen sich auf die Köpfe der Karawane zu stürzen schienen. Der Felsen öffnete sich und ließ in seinem Innern eine Treppe aus poliertem Marmor sehen, die in die unendliche Tiefe zu gehen schien. Auf jeder Stufe standen zwei mächtige Kerzen, ähnlich jenen, die Nuronihar in ihrer Vision gesehen hatte und deren Kampferdunst sich in Wirbeln bis unter das Gewölbe zog.

Dieser Anblick erschreckte die Tochter Fakreddins keineswegs, sondern gab ihr neuen Mut; sie nahm nicht einmal Abschied von Mond und Himmel und verließ ohne Zögern die reine Luft der Erde, um sich in diese höllischen Dünste zu stürzen. Der Gang dieser beiden Gottlosen war stolz und entschieden. Während sie bei dem hellen Licht der Kerzenfackeln hinabstiegen, bewunderten sie sich gegenseitig und fanden sich so prachtvoll, daß sie sich für himmlische Wesen hielten. Das einzige, was sie beunruhigte, war, daß die Stufen kein Ende nahmen. Als sie sich voller Ungeduld beeilten, beschleunigten sich ihre Schritte in einer Weise, daß es ihnen nicht mehr wie Schreiten, sondern wie in einen Abgrund Fallen vorkam. Endlich wurden sie von einem Tore aus Ebenholz aufgehalten, das der Kalif ohne Mühe erkannte; hier war es, wo ihn der Giaur mit einem goldenen Schlüssel in der Hand erwartete.

„Willkommen, Mahomed und seiner ganzen Sippschaft zum Trotz", sagte der Giaur und lachte sein schreckliches Lachen; „ich will euch in diesen Palast führen, wo ihr euch so tapfer einen Platz verdient habt." Und er berührte mit dem Schlüssel das emaillierte Türschloß und alsobald öffneten sich die Torflügel mit einem Geräusch, stärker als der Donner in den Hundstagen und schlossen sich mit demselben Geräusch, sobald sie eingetreten waren.

Der Kalif und Nuronihar blickten einander erstaunt an, als sie sich an einem Ort sahen, der, obschon gewölbt, doch so weit und hoch war, daß sie ihn für eine ungeheure Ebene hielten. Ihre Augen gewöhnten sich endlich an die Größe der Gegenstände; sie entdeckten Reihen von Säulen und Arkaden, die, immer kleiner werdend, in einem Punkt endeten, der strahlend war wie die Sonne, wenn sie auf das Meer ihre Strahlen wirft. Der Boden war mit goldenem Sand und Safran bestreut, was einen Geruch ausströmte, der sie ganz betäubte. Sie schritten weiter und sahen eine Unzahl kleiner Pfannen, worin graue Ambra und Aloëholz brannte. Zwischen den Säulen waren Tische, bedeckt mit vielen Gerichten und allen Sorten Weines, der in kristallenen Gefäßen glänzte. Eine Menge Ginnen und andere Geister beiderlei Geschlechts tanzten lascive Reigentänze zum Klang einer Musik, die unter ihren Füßen ertönte.

In diesem ungeheuren Saal wandelte eine große Menge von Frauen und Männern, die alle ihre rechte Hand aufs Herz gelegt hielten, auf nichts acht hatten und ganz still waren. Sie waren alle bleich wie Leichname, und ihre Augen waren in den Kopf hineingesunken und glichen so den Lichtträgern, die man des nachts auf Kirchhöfen sieht. Die einen waren ganz in tiefes Träumen versunken; andere schäumten vor Zorn und liefen herum wie von vergifteten Pfeilen verwundete Tiger; und alle vermieden sich gegenseitig und wichen einander aus; und obschon in einer solchen Menge beisammen, ging jeder doch ganz als ob er allein wäre.

Beim Anblick dieser fünesten Gesellschaft wurde es Vathek und Nuronihar eiskalt vor Schrecken; sie verlangten mit großer Zudringlichkeit vom Giaur zu wissen, was das alles bedeute und warum diese Schatten die rechte Hand niemals vom Herzen wegnahmen.

„Kümmert euch jetzt nicht um so viele Dinge", antwortete er barsch, „ihr werdet bald alles erfahren; beeilen wir uns, vor Eblis zu treten." Sie gingen also durch all diese Welt weiter. Aber gegen ihre anfängliche Sicherheit hatten sie nun nicht mehr den Mut, auf die Perspektive all dieser Säle und Galerien zu achten, die sich rechts und links öffneten: sie waren alle von brennenden Fackeln beleuchtet und von Glutbecken, deren Flammen sich pyramidenförmig bis unter die Decke hoben. Da kamen sie an einen Ort, wo lange Vorhänge aus rotem und goldnem Brokat von allen Seiten in eindrucksvoller Konfusion herabfielen. Hier hörte man nichts mehr, weder von der Musik noch vom Tanze; das Licht, das hier war, schien von fernher zu kommen.

Vathek und Nuronihar öffneten sich einen Vorhang und traten in ein weites Tabernakel, dessen Boden ganz mit Leopardenfellen bedeckt war. Eine große Zahl Greise mit langen Bärten und Afriten in voller Rüstung lag kniend vor den Stufen einer Estrade, auf deren Höhe auf einer Feuerkugel der mächtige, gefürchtete Eblis sass. Sein Gesicht glich dem eines jungen Mannes von zwanzig Jahren, dessen vornehme und regelmäßige Züge von schlechten Dünsten angewelkt schienen. Die Verzweiflung und der Stolz standen in seinen großen Augen, und sein flutendes Haar erinnerte noch etwas an einen Engel des Lichtes. In seiner zarten, aber vom Blitz geschwärzten Hand hielt er den ehernen Szepter, der das Ungeheuer Ouranabad, die Afriten und alle Mächte des Abgrundes erzittern läßt.

Bei diesem Anblick verlor der Kalif seine Haltung vollständig und fiel mit dem Gesicht auf die Erde nieder. Nuronihar, obschon ebenso bestürzt, konnte sich nicht enthalten, das Gesicht des Eblis zu bewundern, denn sie hatte irgend einen grausigen Riesen zu sehen erwartet. Mit einer Stimme, sanfter als man es hätte denken sollen, aber doch mit tiefster Melancholie in der Seele, sprach Eblis:

„Geschöpfe aus Ton, ich empfange euch in meinem Reich; ihr zählt zur Zahl meiner Anbeter; genießt alles, was dieser Palast euch bietet, die Schätze der voradamitischen Sultane, ihrer flammenden Säbel, die Talismane, die die Diven zwingen werden, euch das Unterste des Berges Kaf zu öffnen, das mit diesem hier in Verbindung steht. Da werdet ihr genug finden für eure unersättliche Neugierde. Es steht nur bei euch, in die Festung Ahermans zu dringen, und in die Hallen Argenks, wo alle vernünftigen Geschöpfe gemalt sind und alle Tiere, die die Erde bewohnten vor der Erschaffung dieses Elenden, den ihr den Vater der Menschheit nennt."

Vathek und Nuronihar fühlten sich durch diese Anrede getröstet und beruhigt und sagten alsbald mit großer Lebhaftigkeit zum Giaur:

„Führe uns schnell dahin, wo die kostbaren Talismane sind."

„Kommt", sagte der Giaur und schnitt seine perfide Grimasse, „kommt, ihr sollt alles haben was unser Meister euch verspricht und mehr noch."

Dann führte er sie durch einen langen Flügel, der mit dem Tabernakel in Verbindung stand; er ging mit großen Schritten voraus und seine unglücklichen Schüler folgten ihm voller Freude. Sie kamen in einen weiten Saal, gewölbt wie ein hoher Dom; ringsum erblickte man fünfzig Türen aus Bronze, die mit fünfzig Stahlschlössern geschlossen waren. Es war an diesem Orte eine traurige Dunkelheit; und auf Betten aus unverwüstlichem Zedernholz lagen die entfleischten Körper der berühmten voradamitischen Könige, einstmals mächtige Herrscher der

Welt. Sie hatten gerade noch soviel Leben, ihren beklagenswerten Zustand zu erkennen; ihre Augen hatten noch eine traurige Bewegung; sie schauten manchmal einander an, und hielten alle die rechte Hand über ihrem Herzen. Zu ihren Füßen sah man Inschriften, die ihre Regierungszeit angaben, ihre Macht, ihren Stolz und ihre Verbrechen. Soliman Raad, Soliman Daki und Soliman Di Gian Ben Gian, die, nachdem sie die Diven in die finstern Keller von Kaf gebettet hatten, so anmaßend wurden, daß sie an der obersten Macht zweifelten; sie haben hier einen hohen Rang, aber nicht zu vergleichen mit dem des Suleïman Ben Daoud.

Dieser König, so berühmt durch seine Weisheit, war auf der höchsten Estrade und unmittelbar unter der Kuppel. Er schien etwas mehr Leben zu haben als die andern; obschon er von Zeit zu Zeit tief aufseufzte und die rechte Hand wie seine Gefährten auf dem Herzen hielt, war sein Gesicht doch ruhiger; er schien aufmerksam auf das Geräusch eines Wasserfalles von schwarzem Wasser zu horchen, den man durch eine vergitterte Türe sah. Kein anderes Geräusch unterbrach die Stille dieses Raumes. Eine Reihe von ehernen Vasen umgab die Estrade.

„Öffne die Deckel dieser kabbalistischen Gefäße“, sagte der Giaur zu Vathek; „nimm die Talismane, die alle diese Türen aus Bronze aufbrechen und dich zum Herrn der Schätze machen werden, die sie verschließen und zum Meister der Geister, die ihre Wächter sind.“

Der Kalif, der völlig außer sich war, näherte sich schwankend den Vasen und glaubte vor Entsetzen zu sterben, als er das Stöhnen Suleïmans hörte, den er in seiner Verwirrung für einen Leichnam gehalten hatte. Da kam eine Stimme aus dem blassen Munde des Propheten, die sagte: „Da ich lebte, saß ich auf einem herrlichen Thron. Zu meiner Rechten waren zehntausend goldene Stühle, wo die Patriarchen und Propheten meiner Lehre lauschten; zu meiner Linken saßen die Weisen und Doktoren auf ebensovielen Thronen von Silber und hörten meine Urteile. Während ich so einer unzählbaren Schar Recht werden ließ, flogen Vögel ohne Unterlaß über mein Haupt hin und dienten mir als Baldachin gegen die Strahlen der Sonne. Mein Volk gedieh; meine Paläste ragten bis in den Himmel; ich baute einen Tempel dem Allerhöchsten, und er wurde ein

Wunder der Welt: aber ich ließ mich feige und schwach von der Liebe zu den Frauen leiten und von einer Neugierde, die sich nicht auf die Dinge unter dem Monde beschränkte. Ich hörte auf die Ratschläge des Aherman und der Tochter des Pharao; ich betete das Feuer und die Sterne an; und verließ die heilige Stadt und befahl den Geistern, daß sie die prächtigen Paläste von Istakhar bauen und die Terrasse der Säulen, deren jede einem Stern geweiht war. Da genoß ich eine Weile lang ganz den Glanz des Ruhmes und der Wollust; nicht nur die Menschen, auch die Geister waren mir untertan. Ich fing wie die andern Könige, die mich hier umgeben, zu glauben an, daß die himmlische Rache eingeschlafen sei, als der Blitz meine Paläste zerstörte und mich hier hinunter stieß. Doch bin ich nicht, wie alle andern, die hier wohnen, jeder Hoffnung bar. Ein Engel des Lichts ließ mich wissen, daß um der Frömmigkeit meiner jungen Jahre willen meine Leiden ein Ende nehmen würden, wenn, oh, ich zähle die Tropfen, dieses Wasser aufhören wird zu fallen. Ach! wann wird das sein! Ich leide! Ich leide! Ein erbarmungsloses Feuer verzehrt mein Herz."

Bei diesen Worten erhob Suleiman seine Hände gegen den Himmel als Zeichen der Bitte, und der Kalif sah, daß seine Brust ein durchsichtiger Kristall war, durch den man sein Herz erblickte, das in Flammen brannte. Bei diesem schrecklichen Anblick fiel Nuronihar wie vernichtet in die Arme Vatheks.

„Giaur!" schrie der Unglückliche, „an welchen Ort hast du uns geführt? Laß uns fort von hier! Ich entbinde dich aller deiner Versprechungen. O Mahomed! gibt es keine Barmherzigkeit mehr für uns?"

„Keine, keine mehr", antwortete der Giaur; „du mußt wissen, daß hier der Ort der Rache und der Verzweiflung ist; dein Herz wird geröstet werden, wie das aller Anbeter des Eblis hier. Wenige Tage sind dir noch gegeben vor diesem letzten; brauche sie wie du willst; schlafe auf Gold, befiel den unterirdischen Mächten, lauf durch alle diese unterirdischen Gänge nach Herzenslust, keine Türe wird dir verschlossen sein; ich habe meine Mission erfüllt und überlasse dich dir selbst." Mit diesen Worten verschwand er.

Der Kalif und Nuronihar blieben in einer tödlichen Niedergeschlagenheit zurück; ihre Tränen konnten nicht fließen, kaum konnten sie sich aufrecht halten. Dann nahmen sie sich bei der Hand und gingen wankend aus diesem traurigen Saal, ohne zu wissen wohin. Alle Türen sprangen bei ihrem Nahen auf, die Diven fielen vor ihren Schritten auf die Kniee, Gewölbe voll Reichtümer öffneten sich vor ihren Augen – aber sie waren schon nicht mehr neugierig, noch stolz, noch habsüchtig. Mit derselben Gleichgültigkeit hörten sie die Chöre der Dschinnen und sahen sie die herrlichen Speisen, die überall aufgestellt waren. Sie gingen umherirrend von Zimmer zu Zimmer, von Saal zu Saal, durch Gänge und Gewölbe, ebensoviele Räume ohne Grenzen und ohne Ende, alle von diesem fahlen Licht beleuchtet, alle in derselben traurigen Pracht geschmückt, alle durchlaufen von Leuten, die die Ruhe suchten und Trost; aber die sie alle umsonst suchten, weil sie überallhin ein Herz trugen, das in den Flammen brannte. Von diesen Unglücklichen gemieden, die durch Blicke einander zu sagen schienen: du bist es, der mich verleitet hat, du hast mich verdorben, hielten sie sich abseits und warteten in Angst auf den Augenblick, der sie diesen andern schrecklich gleich machen würde.

„Sag!“ rief Nuronihar, „wird denn wirklich die Zeit kommen, wo ich meine Hand aus der deinen ziehe?“

„Ah!“ rief Vathek, „werden meine Augen wirklich je aufhören, mit langen Zügen die Wollust aus den deinen zu trinken? Wird mir die süße Zeit, die wir zusammen verlebt haben, zum Grauen werden? Nein, du bist es nicht, die mich an diesen gräßlichen Ort gebracht hat, es sind die gottlosen Gedanken, mit denen Carathis meine Jugend verdorben hat, die meinen Untergang und den deinen verursacht haben. Ah! wenn sie wenigstens mit uns leiden müßte!“

Und er rief einen Afriten, der gerade ein Flammenbecken richtete und befahl ihm, die Prinzessin Carathis aus dem Palaste in Samarah zu holen und sie ihm her zu bringen.

Nachdem er diesen Befehl gegeben hatte, schritten der Kalif und Nuronihar weiter durch die schweigende Menge, als sie am Ende der Gallerie sprechen hörten. Sie dachten, es wären Unglückliche, die wie sie ihre letzte Ruhe noch nicht erhalten hatten, gingen den Stimmen nach und fanden, daß sie aus einem kleinen viereckigen Zimmer kamen, wo auf Sophas fünf junge Männer von gutem Aussehen saßen, und eine schöne Frau, die sich traurig beim Schein einer Lampe unterhielten. Sie sahen alle sehr niedergeschlagen und verloren aus, und zwei von ihnen küßten einander mit viel Zärtlichkeit. Als sie den Kalif und die Tochter Fakreddins eintreten sahen, standen sie höflich auf, grüßten und machten ihnen Platz. Der der Vornehmste von der Gesellschaft schien, wandte sich an den Kalif und sagte: „Fremder Herr, der Sie wohl in derselben schrecklichen Erwartung sind wie wir, weil Sie noch nicht die rechte Hand auf dem Herzen tragen: wenn Sie die fatalen letzten Augenblicke bis zu unserer gemeinsamen Bestrafung mit uns verbringen wollen, so erzählen Sie uns doch die Abenteuer, die Sie an diesen schlimmen Ort gebracht haben und wir werden Ihnen die unsern erzählen, die gehört zu werden nur zu sehr verdienen. Einander seine Verbrechen zu erzählen, da es nicht mehr Zeit ist, sie zu bereuen, ist die einzige Beschäftigung, die sich für arme Unglückliche, wie wir sind, schickt."

Der Kalif und Nuronihar gingen auf den Vorschlag ein, und Vathek nahm das Wort und erzählte, nicht ohne Tränen und Klagen, wahrheitsgetreu alles das, was ihm begegnet war. Nachdem er mit seiner rührenden Erzählung zu Ende war, begann der junge Mann, der zuerst gesprochen hatte, die seine. Dann folgte der zweite, der dritte, und der vierte Prinz war gerade mitten in seiner Geschichte, als er durch ein Geräusch aufgeschreckt wurde, das die Wände zittern machte und die Decke öffnete. Darauf verging allmählich ein Rauch und man sah Carathis auf dem Rücken des Afriten, der sich schrecklich über seine Last beklagte. Sie sprang auf den Boden, näherte sich ihrem Sohne und hub an: „Was machst du hier in diesem kleinen Zimmer? Als ich sah, daß die Diven dir gehorchen, glaubte ich, daß du auf dem Throne der voradamitischen Könige säßest!"

„Entsetzliches Weib", schrie der Kalif, „verflucht sei der Tag, an dem du mich zur Welt gebracht hast! Geh und folge diesem Afriten, daß er dich in den Saal des Propheten Suleïman führt; da wirst du erfahren, wozu dieser Palast bestimmt ist, der dir so begehrenswert erschien und wie sehr ich die gottlosen Kenntnisse verabscheuen sollte, die du mir beigebracht hast!"

„Hat die Macht, zu der du gekommen bist, dir den Kopf verdreht?" fragte Carathis. „Ich verlange mir ja nichts besseres, als Suleïman, dem Propheten, meine Aufwartung zu machen. Das aber mußt du schon wissen, daß ich den Afriten, als er mir sagte, daß weder du noch ich jemals wieder nach Samarah zurückkehren würden, daß ich ihn bat, mich Ordnung in meine Geschäfte bringen zu lassen, und er war so höflich, einzuwilligen. Ich habe nicht versäumt, diese Augenblicke auszunutzen; ich habe Feuer an unsern Turm gelegt, wobei ich lebendigen Leibes die Stummen, die Negerinnen, die Skorpione und die Schlangen verbrannt habe, die mir immerhin schon gute Dienste geleistet haben, und ich hätte das gleiche mit dem Großvessir getan, wenn er nicht zu deinem Bruder desertiert wäre. Was Bababaluk anbetrifft, der die Dummheit begangen hatte, nach Samarah zurückzukehren, um dort ganz einfach Männer für deine Frauen zu finden, so hätte ich ihn auf die Folter gebracht, wäre mir nur Zeit dazu geblieben; aber da ich es eilig hatte, ließ ich ihn bloß hängen, nachdem ich ihm vorher eine Falle gelegt hatte, um ihn zu mir zu locken, ihn sowohl als auch die Frauen; ich habe sie von meinen Negerinnen alle lebendig eingraben lassen, die auf diese Weise ihre letzte Stunde zu ihrer größten Zufriedenheit ausgefüllt hatten. Was Dilara betrifft, die mir immer gefallen hat, so wollte sie sich hier in den Dienst eines Magiers begeben, und ich glaube, sie wird bald hier sein."

Vathek war zu konsterniert, um seine Entrüstung über das Gehörte auszudrücken; er befahl dem Afriten, Carathis aus seiner Gegenwart zu entfernen und blieb in düsterem Sinnen, das seine Gefährten nicht zu stören wagten.

Carathis drang jedoch energisch bis zum Dom des Suleïman vor und ohne auch nur im geringsten auf das Stöhnen des Propheten zu achten, öffnete sie ganz frech die Deckel der Vasen und bemächtigte sich der Talismane. Dann ließ sie eine Stimme erschallen, so laut, wie man es an diesem Orte noch nie gehört hatte und zwang die Diven, ihr die verborgensten Schätze zu zeigen, die selbst der Afrite noch nie gesehen hatte. Sie stieg die steilsten Abstürze hinab, die nur Eblis bekannt waren und den Mächtigsten seiner Leute und gelangte mittels der Talismane bis ins Innere der Erde, wo der Sansar bläst, der eisige Wind des Todes: nichts erschreckte ihr unzähmbares Herz. Sie fand jedoch bei all diesen Leuten, die die rechte Hand auf dem Herzen hielten, eine kleine Eigentümlichkeit, die ihr nicht gefiel.

Als sie eben aus einem dieser Abgründe herauskam, zeigte sich Eblis ihren Blicken. Trotz der machtvollen Majestät seiner Erscheinung verlor sie doch ihre Haltung nicht und machte ihm sogar mit viel Geistesgegenwart eine Verbeugung.

Der glänzende Kaiser sagte zu ihr: „Prinzessin, deren Kenntnisse und Verbrechen einen erhöhten Sitz in meinem Reiche verdienen, Ihr tut wohl daran, die Zeit zu nützen, die Euch noch übrig bleibt; denn die Flammen und die Qualen, die bald Eures Herzens sich bemächtigen werden, werden Euch noch genug zu tun geben“. Und verschwand in den Vorhängen seines Tabernakel.

Carathis blieb etwas verdutzt, aber entschlossen bis zum Äußersten zu gehen, und den Rat Eblis zu befolgen, versammelte sie alle Chöre der Dschinnen und alle Diven, um von ihnen die Ehrerbietungen dargebracht zu bekommen. Sie schritt so im Triumphe durch einen Dampf von Wohlgerüchen und unter dem Beifall aller bösen Geister, deren meiste aus ihrer Bekanntschaft waren. Sie wollte sogar einen der Soleïmane entthronen, um seinen Platz einzunehmen, als eine Stimme aus dem Abgrunde des Todes rief: „Alles ist erfüllt!“ Sofort bedeckte sich die stolze Stirne der furchtlosen Prinzessin mit den Falten der Agonie; sie stieß einen schmerzlichen Schrei aus, und ihr Herz wurde ein brennendes Becken: sie führte die Hand hin, um sie nie wieder davon wegzuziehen.

Jetzt vergaß sie alle ihre kühnen Pläne und ihren Durst nach dem Wissen, das den Sterblichen verborgen bleiben soll; und sie warf die Opfer um, die ihr die Dschinnen zu Füßen gelegt hatten; und verfluchte die Stunde ihrer Geburt und den Leib, der sie getragen und begann umherzuirren und zu laufen, um nie mehr wieder still zu stehen, noch einen Augenblick der Ruhe zu genießen.

Ungefähr zur selben Zeit hatte dieselbe Stimme dem Kalifen, Nuronihar, den fünf Prinzen und der Prinzessin das Unwiderrufliche zugerufen. Ihre Herzen flammten auf, und da war es, daß sie die kostbarste Himmelsgabe verloren: die Hoffnung. Die Unglücklichen trennten sich, indem sie einander wütende Blicke zuwarfen.

Vathek sah in den Augen Nuronihars nur noch Zorn und Rache; sie sah in den seinen nur noch Haß und Verzweiflung. Die beiden prinzlichen Freunde, die sich bis zu diesem Augenblick noch umschlungen hielten, gingen beide schaudernd auseinander. Kalilah machte seiner Schwester eine Geste der Verwünschung, und sie drehte ihm voll Verachtung den Rücken. Die zwei andern Prinzen zeigten in Krämpfen und erstickten Schreien das Entsetzen, das sie voreinander hatten. Alle tauchten unter in der verdammten Menge, um darin eine Ewigkeit von Pein umherzuirren.

So war und so soll die Strafe für zügellose Leidenschaften sein und für wilde Taten. So soll die Strafe für die blinde Neugierde sein, die über die Grenzen will, die der menschlichen Erkenntnis gesetzt sind; und für den Ehrgeiz, der Wissenschaften sich aneignen will, die reineren Wesen aufbewahrt sind und nichts erwirbt als sinnlosen Stolz und nicht sieht, daß es dem Menschen demütig und unwissend zu sein ziemt.

So sah sich der Kalif Vathek, der, um zu einer leeren Pracht und zu verbotener Macht zu kommen, sich mit tausend Verbrechen beladen, dem Gewissen zur Beute gegeben und einem Schmerz ohne Ende und Grenzen; so verbrachte der demütige, der verachtete Gulchenruz Jahrhunderte in süßer Ruhe und in dem Glück der ewigen Kindheit.